Karin Pfolz
Verena Grüneweg

Verloren im Leben

Thriller

Impressum:
1. Auflage, für Verein „Respekt für Dich" – Autoren gegen Gewalt

Covergestaltung by Karina-Verlag, Karin Pfolz
Coverfoto © Rainer Moore

Text: © Karin Pfolz, Verena Grüneweg

Überarbeitung, Layout, Design: Karin Pfolz, Karina-Verlag
Lektorat: Angela Hochwimmer

Jänner 2015, Vienna, Austria, Karina-Verlag, Vienna.

ISBN 978-3-903056-02-2

(E-Book ISBN: 978-3-903056-03-9)

karina.bookoffice@gmail.com
www.karinaverlag.at

Bibliografische Information der Nationalbibliotheken:
Die Österreichische Nationalbibliothek verzeichnet diese Publikation in der Österreichischen Nationalbibliothek, ebenso ist diese Publikation in der Deutschen Nationalbibliothek verzeichnet.

Karin Pfolz
Verena Grüneweg

Verloren im Leben

Thriller

1. Kishara

Ich erwachte, und alles, was ich sah, als ich meine Augen öffnete, war Dunkelheit. Kälte erfasste mich und ließ mich erschaudern. Sofort spürte ich es: Dies war nicht mein Schlafzimmer – nicht mein Zuhause.
Trotzdem, für einen kurzen Moment hoffte ich, alles wäre nur ein Teil eines verrückten Traumes, und ich wäre immer noch in diesem gefangen. Dass mein Gehirn mir nur einen Streich spielte und dieser Raum, der so dunkel wie die Nacht war und ohne die mir so bekannten Geräusche am Morgen, nur eine weitere Episode meiner Fantasie darstellte. Erneut schloss ich meine Augen im Glauben, wenn ich sie wieder öffnen würde, sei alles wie an jedem anderen Tag. Ich würde die Stimmen von Menschen auf der Straße und die Geräusche vorbeifahrender Autos vernehmen. Lächelnd meine Augen aufmachen und das Sonnenlicht sehen, das durch die Vorhänge fiel und mich wach küsste. Schlaftrunken mich auf die Bettkante setzen, kurz nachdenken und den Kopf über diesen Traum schütteln. Vorsichtig blinzelte ich und realisierte sehr schnell, es war die Wirklichkeit, keine Illusion. Das, was ich unter meinem Körper fühlte, war nicht mein Bett. Ich lag auf einer Matratze. Sie war hart und klamm und stank nach Metall. Ein Geruch wie altes Blut, vergammeltes Fleisch. Feuchtigkeit, die mich umfing, sich an mich klammerte und mich frösteln ließ. Ich starrte in das Nichts, versuchte, wenigstens einen kleinen Schimmer von Licht zu finden. Erfolglos. Fassungslos tastete ich wie ein Blinder um mich herum, griff auf der Suche nach irgendetwas Fühlbarem ins Leere. Es gab nichts, keinen

Nachttisch, auf dem eine kleine Lampe stand, die ich anmachen konnte. Wo war ich, was war geschehen? Starr lag ich in der Dunkelheit, unfähig mich zu bewegen, und wiederholte immer wieder diese Fragen in meinem Kopf. Meine Gedanken fuhren Achterbahn. Was sollte ich tun? Verzweifelt horchte ich auf ein Geräusch; irgendjemand musste doch hier sein. Nichts, nur ein leises Tropfen wie aus einem Wasserhahn, wenn er nicht richtig zugedreht war.

„Denk nach, Kishara, keine Panik, bleib einfach nur ruhig. Alles lässt sich erklären. Vielleicht ist das nur ein dummer Scherz, von deinen ach so guten alten Freunden. Eine kleine Retourkutsche, mehr nicht.", flüsterte ich in die Stille hinein. Dieser Gedanke, der mir plausibel erschien, beruhigte mich ein wenig und brachte mich dazu, mich aus meiner Starre zu lösen. Ein dumpfer, pochender Schmerz klopfte in meinen Schläfen, als ich mich aufrecht hinsetzte. Unwillkürlich fuhr meine Hand hoch zu der Stelle, wo er am intensivsten zu fühlen war. Vorsichtig tastete ich sie mit den Fingerspitzen ab. Es fühlte sich klebrig und schorfig an, wie eine Wunde, die mit geronnenem Blut bedeckt war. Übelkeit überkam mich und ich musste würgen. Dennoch riss ich mich zusammen, atmete langsam ein und aus und versuchte, die aufkommende Panik in mir zu unterdrücken. Mir war klar, lange würde ich mich nicht mehr unter Kontrolle haben. Ich musste jetzt und nun handeln. Herausfinden, wo ich war und eine Möglichkeit finden, diesem Ort zu entfliehen.

Auch wenn die Übelkeit blieb, hatte zumindest das Würgen aufgehört. Langsam erhob ich mich von meinem Lager, versuchte, auf meinen beiden Beinen zu stehen und scheiterte kläglich. Kaum hatten meine Füße den kalten Boden berührt, gaben meine Beine nach und ich fiel auf meine Knie. Ein lautes Knacken durchbrach die Stille. Wie ein Messer fuhr der Schmerz in mein linkes Handgelenk. Zischend zog ich die Luft ein, biss die Zähne zusammen, um nicht zu laut loszuschreien. Ich wartete einen kurzen Augenblick, dass der Schmerz etwas nachließ, um dann auf allen Vieren weiter zu kriechen. Stück für Stück tastete ich mich vorwärts. Fühlte mit den Händen kantige, unregelmäßig verlegte Steine. Solche, wie man sie auf nostalgischen Marktplätzen fand. Ich hatte keine Ahnung, in welche Richtung ich eigentlich kriechen sollte, dennoch bewegte ich meinen Körper immer weiter vorwärts. Es dauerte nicht lang, und ich stieß gegen etwas Hartes und Unüberwindbares. Ich streckte eine Hand aus, um zu fühlen, was es war. Eine Mauer, gebaut aus denselben Steinen, die ich bereits am Fußboden wahrgenommen hatte, die mir den Weg versperrte. Doch keimte Hoffnung in mir auf. Vielleicht gab es eine Tür, irgendeinen Ausgang, durch den ich diesem ganzen Wahnsinn entfliehen konnte. Hektisch tastete ich die Wand ab, um bald zu merken, dass es nichts gab, was sich öffnen ließ.

Um mich herum gab es nur diese Mauer – gebaut aus kaltem Stein. Ich merkte, wie sich ein Schluchzen in meiner Kehle bildete und begann, mir die Luft abzuschnüren. *Nicht aufgeben, nur nicht aufgeben, nur ein Scherz, ein blöder Scherz,* wie ein Gebet formten sich die einzelnen Buchstaben zu Wörtern in meinem Kopf. Ich drehte mich um, steuerte in eine andere Richtung und kroch erneut den Boden entlang. Mittlerweile war ich dazu übergangen, die Worte nicht nur zu denken, sondern immer wieder zu flüstern. Ein Versuch, die andere Stimme in meinem Kopf, die sagte: „Wenn das alles nur ein dummer Scherz ist, warum hast du diese Wunde am Kopf? Glaubst du wirklich, sie würden dich damit hier liegenlassen und den Spaß immer weiter treiben?", zu unterdrücken. Doch egal, wie oft ich versuchte, einen Ausgang zu finden; alles, was sich mir offenbarte, waren neue Mauern, die ich nie in der Lage sein würde zu überwinden. Die Stimme in mir schrie bereits. Wie ein Tier im Käfig irrte ich durch den Raum. Unfähig, irgendeine Orientierung zu behalten. Ich wollte nicht aufgeben, wollte mein Schicksal, eine Gefangene zu sein, nicht akzeptieren. Nach endlosen, kläglich scheiternden Versuchen, einen Ausgang zu finden, schaffte ich es nicht mehr, gegen meine Panik anzukämpfen. Ich begann kichernd, irre vor mich hin zu plappern: „Und, Kishara, du liest doch so gerne Thriller, in denen das passiert: Das Opfer ist eingeschlossen, genau wie du. Hast du dir jemals wirklich vorgestellt, wie das so ist, hast du? Sag mir, was würde der Mensch in deinen Büchern machen? Weißt du es?". Oh ja, ich kannte die Antwort, er würde wie von Sinnen schreien, und genau das tat ich jetzt ...

Mir war nicht bewusst, wie lange ich geschrien hatte. Irgendwann musste ich erschöpft zusammengebrochen sein. War einfach auf den kalten Steinboden in die rettende Welt der Ohnmacht geflohen. Diesmal gab es keine Illusionen mehr beim Aufwachen. Ich verschwendete keine Zeit mit Wunschdenken. Vorerst ergab ich mich meinem Schicksal, eine Gefangene zu sein. Auf Händen und Knien führte mein Weg zurück zu meinem Lager, der Matratze.

Ich robbte auf sie und streckte meinen schmerzenden Körper aus. Das Pochen im Kopf hatte sich verstärkt und war kaum noch auszuhalten. Hinzu gesellte sich das Stechen in meinem Handgelenk. Ich fühlte mich wie eine einzige Wunde. Tränen liefen über mein Gesicht. Ohne einen Laut von mir zu geben, sah ich in die Dunkelheit. Mit der letzten mir verbleibenden Kraft versuchte ich, meine Gedanken zu ordnen. Fragen, was sein würde, wenn ich nie wieder dieses Gefängnis verlassen könnte, schob ich mit aller Macht beiseite. Stattdessen begann ich, Antworten auf das, was geschehen war, zu suchen. Die Lösung lag in meiner Vergangenheit. Irgendetwas musste in den letzten Monaten, Wochen, Tagen oder auch nur Stunden passiert sein, welches all dies erklärte.

2. Pamina, noch zwei Monate

Wie jeden Tag begann ich den Morgen mit einem ausgedehnten Training. Mein Körper verlangte das einfach, und ohne Bewegung war ich einfach unfähig, auch nur irgendetwas zu tun oder einen normalen Gedanken zu fassen. Außerdem fand ich, dass es sehr befreiend für meine Sorgen war, denn die finanzielle Bedrängnis, unter der ich seit der Trennung von meinem Exfreund litt, drückte mir jede Lebensfreude ab. Ich konnte einfach kein Ende meiner Misere mehr sehen. Diese morgendlichen auspowernden Bewegungen ließen mich wenigstens für diese eine Stunde die Sorgen vergessen. Was ich sanft mit zarter Klaviermusik begann, endete dann oft mit hartem Rock, der mir den Schweiß aus jeder Pore trieb. Mindestens zwei Liter Wasser wechselten so den Weg von dem Krug in meinen Körper und über meine Trainingskleidung in die Luftfeuchtigkeit. Doch leider musste auch ich zu einer gewissen Zeit an meiner Arbeitsstelle sein, und so beendete ich diese Aktivität mit einer ordentlichen kalten Dusche.

Seit Monaten mied ich abends den Weg zum Postkasten und erlaubte mir die Freiheit, dass mich Rechnungen und Zahlungsaufforderungen immer erst mit einem Tag Verspätung erreichten. Ich erhöhte also meinen Schuldenberg immer mit einer gewissen Zeitverzögerung. Dies brachte mir zwar nicht wirklich eine Verbesserung der Lage ein, aber zumindest ließ es mich glauben, dass ich wenigstens ein wenig Einfluss auf den Lauf der Dinge hatte. Also nahm ich die Post immer erst am Morgen aus dem Postfach und öffnete die Briefe nach getaner Arbeit.

Es erwarteten mich immer mehrere Schreiben. Verschiedene Inkassobüros, Mitteilungen des Gerichtsvollziehers, Mahnungen und diverse andere Briefe, die mich zu einer Zahlung aufforderten. Nun, es lag nicht an mir oder meiner Vergangenheit, sondern an der meines Exfreundes. Er hatte in dem halben Jahr, das er mit mir verbrachte, gelebt wie `Gott in Frankreich`. Gönnte sich alles, was gut und teuer war, und ließ die Rechnungen auf meinen Namen ausstellen. Zu allem Übel hatte er auch noch meine Bankdaten bei seinen Gläubigern angegeben und sich dann rechtzeitig aus dem Staub gemacht, bevor die ersten Mahnungen den Weg zu mir fanden. So ergab es sich, dass der Schock darüber, dass er mich von einer Minute auf die andere verlassen hatte, sich in eine riesige Wut auf diesen Menschen verwandelte. Ich versuchte, die Monate danach alles zu tun, damit die Gläubiger mir glauben, dass nicht ich, sondern mein Exfreund die Aufträge tätigte. Aber es half mir nichts. Er hatte alles über Internet bestellt, meinen Account verwendet, meinen PC und meine Bankdaten. Selbst das Meldeamt konnte mir nicht helfen, da sogar sein Name falsch war. An diesem Menschen war einfach alles falsch. Und die Polizei – nun, die belächelte mich nur, denn ich war nicht die Einzige, die auf diesen Typen hereingefallen war. Sie hatten über zwanzig Anzeigen, zwar alle mit anderen Namen, aber von der Personenbeschreibung her und dem Tathergang handelte es sich um denselben Menschen. Meinen lieben Exfreund.

Ja, ich hätte vielleicht etwas vorsichtiger sein sollen. Meine Freunde – wenn man diese oberflächlichen Menschen so nennen darf – tuschelten ja fleißig über mich und meine neue Flamme. Ich selbst war ja eher eine unscheinbare graue Maus. Ungeschminkt, ein Friseur sah mich nie, meine Kleidung war praktisch, aber nicht schön. Naja, hässlich und ungepflegt war ich nicht, aber eben unauffällig. Praktisch. Normaler Durchschnitt. Marco, so nannte er sich: groß, dunkles Haar, athletischer Körper mit einem Sixpack, nach der neuesten Mode gekleidet, ein Gesicht - wie aus einem Modemagazin. Hinreißend. Also, die Wahrheit war, wir passten überhaupt nicht zusammen. Nebeneinander sahen wir aus, als wenn der große Bruder seine schüchterne Schwester mitschleppen musste.

Aber ich sah das natürlich nicht so, damals. Denn ich war verliebt in diesen schönen Mann – und er in mich, sagte er zumindest. Es gab ja auch keinen Grund für mich zu zweifeln. Denn er behandelte mich wie eine Prinzessin, trug mich praktisch auf seinen Armen durchs Leben. Mindestens einmal pro Woche verwöhnte er mich mit Geschenken, Blumen, einer kurzen Reise übers Wochenende und all dem, was eine junge Frau sich so erträumt. Auf meine Fragen, wie er denn dies alles finanziere, wo er doch keiner geregelten Arbeit nachging, antwortete er immer, dass er aus wohlhabendem Hause stamme und seine Familie ihm monatlich einen stattlichen Betrag auf sein Konto überweise. Das wirkte auf mich beruhigend, und ich glaubte ihm das einfach. Dass von meiner Kreditkarte keine Abrechnungen kamen, das hat mich nicht beunruhigt, denn ich zahlte niemals damit und dachte so bei mir, dass dann eben keine Rechnungen kämen. Dass mein liebender Marco die Rechnungen verschwinden ließ, das konnte ich nicht einmal erahnen.

Dann war er auf einmal weg. Einfach so. Ohne irgendeine Vorwarnung. Ich kam von der Arbeit nach Hause, und die Wohnung war verlassen. Kein Marco. Doch auch Schmuck, Bargeld, Bilder und alles, was zu Geld zu machen war, waren weg. Aber sein Handy war da. Es lag auf dem Esszimmertisch. Zertrümmert. Ein alter Hammer daneben.
Mit dieser Erinnerung an längst vergangene Tage einer scheinbar glücklichen Beziehung wagte ich also an diesem Morgen den Weg zu meiner Arbeitsstelle – mit einem kurzen Stopp beim Postkasten. Einige Briefe wanderten in meine Tasche, ohne genau beachtet zu werden. So fiel mir auch nicht auf, dass eines der Schreiben nicht von einem Gläubiger war.

3. Kishara, heute

Heute oder gestern Morgen oder vielleicht noch davor, mir fehlte jegliches Zeitgefühl, wann es gewesen war, begann mein Tag wie jeder andere zuvor. Mein Wecker hatte geklingelt, und ich stand müde auf. Die Nacht davor war wieder mal lang und aufregend gewesen. Ich ging ins Badezimmer und nahm eine Dusche, zog meine Kleidung an und schminkte mich. Ein kurzer Blick in den Spiegel, der mir zeigte, dass von der Müdigkeit nichts mehr zu sehen war, ließ mich zufrieden lächeln. Ja, ich hatte das Glück, eine Frau zu sein, der die Männer hinterherschauten. Danach trank ich einen Kaffee und aß mein Croissant, fütterte und streichelte kurz meine drei Kater, um mich dann auf den Weg zu meiner Arbeit zu machen. Nichts Auffälliges, ganz normaler Alltag. Ich liebte meinen Beruf als Tierärztin. Zwar hatte ich nur eine kleine Praxis, aber sie lief gut. So gut, dass ich mir eine Helferin, Tina, ein liebes Mädchen, leisten konnte. Ich hatte es mit achtunddreißig Jahren geschafft, mir eine sichere Existenz aufzubauen. Wirkliche finanzielle Sorgen kannte ich nicht. Ansonsten gab es nicht viel in meinem Leben, das mir wichtig erschien. Freunde, ich meine so richtige, die für mich durchs Feuer gingen, hatte ich nicht. Nur viele Bekannte, die sich durch mich Vorteile erhofften. Mit all dem hätte ich gut umgehen können. Es stellte kein Problem für mich dar. Jedoch, dass ich eine Single-Frau war, die abends alleine zuhause saß, damit konnte ich nicht klarkommen.

Vor drei Monaten sah das noch ganz anders aus. Ich lebte in der Illusion, eine gute Beziehung zu führen. Fünf Jahre hatte sie angedauert, und ich war glücklich in dieser Zeit. Bilder von einer Hochzeit, wie sie sich jedes kleine Mädchen wünschte, beflügelten meine Welt. Ich lebte wie auf Wolke sieben, bis die Realität mich grausam von ihr runterschubste. Cecile war der neue Engel an Tims Seite, die meinen Platz einnahm. Für mich blieb der Himmel ab diesem Moment geschlossen. Ich fiel in ein dunkles Loch, wollte ihn nicht gehen lassen. Konnte nicht wirklich glauben, dass ich so einfach abserviert wurde. Wer war ich ohne ihn? Nein, eine Kishara gab nicht so schnell auf. Zahllose Anrufe, Nächte vor seiner Wohnung, Briefe, Emails und vieles mehr ließen mich fast zur Stalkerin werden. Auch das war mir völlig gleichgültig. Ich würde ihn zurückbekommen. Mein Kampf um ihn würde weitergehen. Ich erinnerte mich, dass ich an diesem Tag irgendetwas geplant hatte, nur ich konnte mir nicht mehr zusammenreimen, was es war und worum es ging. Dieser Teil des Tages war vollkommen aus meinem Gedächtnis gestrichen.

Zurück zu Tina, meiner Tierarzthelferin. Wenn ich jetzt glaubte, sie würde sich vielleicht wundern, dass ich nicht zur Arbeit kam, dann war das ein Trugschluss. Denn die nächsten vier Wochen würde keiner von uns in der Praxis auftauchen; sie war wegen Urlaub geschlossen. Weiter durchforstete ich meinen Kopf nach irgendeinem Hinweis oder jemandem, der mich vermissen würde. Das Letztere konnte ich gleich abhaken – es gab niemanden! Meine Eltern hatten mich aus ihrem Leben gestrichen, Freunde, solche, die sich Sorgen um einen machten, die gab es ja nicht. Alle anderen, insbesondere meine ehemalige Schwiegermutter in spe, würden froh sein, wenn sie nichts von mir sahen. Die Einzigen, denen ich fehlen würde, waren meine Katzen, doch selbst die hatten eine Katzenklappe und konnten kommen und gehen, wann sie wollten. Da mein Haus außerhalb der Stadt ziemlich einsam gelegen war, würde niemandem auffallen, dass ich nicht nach Hause kam.

Meine Gedanken begannen abzuschweifen, warum das so war. Auch wenn ich selber die Erklärung kannte, dennoch, dies war wirklich nicht der richtige Augenblick, sich darüber Gedanken zu machen. Ich riss mich zusammen und versuchte, zurück zu den Ereignissen des Tages zu gehen. Jedoch ein Geräusch riss mich aus meiner Konzentration. Hatte ich wirklich Schritte gehört, oder war das nur ein Teil meiner Einbildung gewesen? Ich hielt den Atem an und lauschte in die Dunkelheit ...

4. Pamina, noch zwei Monate

Der Abend war schon weit vorangeschritten, und noch immer saß ich auf meiner abgenutzten Couch und betrachtete das Schreiben in meiner Hand. Der Betrag, der hier genannt wurde, überstieg die Schulden auf meinen Konten bei Weitem. Doch daran waren auch Bedingungen geknüpft. Ich sollte etwas tun, was vielleicht ein wenig illegal wäre. Nichts wirklich Aufregendes. Nichts, was ich nicht verantworten hätte können. Warum mich ein so unangenehmes Gefühl bei der Sache beschlich, das war mir unerklärlich. Einzig einen Raum sollte ich finden. Keinen normalen Raum. Sondern einen sehr stabil gebauten. Einen, der nicht durch eine normale Türe zu öffnen sei. Und abgeschieden sollte er sein. Keine Nachbarn. Eine Wegbeschreibung zu dem Ort und eine Skizze sowie Fotos des Raumes sollte ich an ein Postfach senden. Sobald dies erledigt wäre und es den Ansprüchen entspräche, würde der Empfänger meiner Informationen eines der Konten von mir aus dem Minus befreien. Ein reizvoller Gedanke.
Immer wieder drehte ich diesen Brief in meinen Händen. Immer wieder las ich die Zeilen. Ein komischer Auftrag. Sehr eigenartig. Wieso kam der Absender auf mich? Wieso wusste er von meinen Schulden?
Irgendwann musste ich dann mit dem Schreiben in der Hand eingeschlafen sein. Die Sonne blinzelte bereits durch mein Fenster, als ich aufschreckte. Der Brief lag am Boden neben der Couch. Es war Samstag, und ich musste nicht zur Arbeit. Lust auf Training hatte ich nicht, denn inzwischen witterte ich einen Weg, der mich in eine bessere Lage ver-

setzen könnte. Doch wo beginnen? Mit dem Zug irgendwo aufs Land fahren und ein altes, verlassenes Gemäuer suchen, das war mir ein wenig zu aufwendig, und wie sollte ich auch wissen, in welche Richtung ich mich bewegen sollte. Ich hatte ja keine Ahnung, wo ich so etwas finden könnte. Irgendwie musste ich also ein Fahrzeug auftreiben. Aber wie?

Das Mieten eines Fahrzeuges kam nicht in Frage, dazu fehlte mir Geld und Kreditkarte. Freunde, die mir eines leihen würden, hatte ich auch nicht. Also blieb mir nur eine Variante. Ich musste eines klauen. Irgendwie war mir das alles egal. Ich war sowieso schon abgestempelt durch die Schulden meines Exfreundes, also kam es auf eine kleine Straftat auch nicht mehr an.

Ein neues Fahrzeug stand nicht zur Diskussion. Es musste einfach ein altes Modell sein, das keine elektronische Sicherung hatte. Dadurch, dass ich in Jugendjahren oft an meinen Autos herumschraubte, wusste ich genau, welche Kabel ich zusammenschließen musste, um zu starten. Der Türverschluss war bei alten Autos mit Hilfe eines Drahtes und eines Schraubenziehers auch nicht wirklich ein Problem.

Also machte ich mich in die Vorstadt auf, um einen passenden fahrbaren Untersatz zu finden. Vorzugsweise mit einem gut gefüllten Tank. In meiner Handtasche befanden sich ein großer und ein kleiner Schraubenzieher, ein Drahtkleiderhaken – so einer, wie man ihn in einer Wäscherei bekommt – und ein kleines Fläschchen Öl.

Die Suche erwies sich auch als nicht so schwierig, wie ich anfänglich vermutet hatte. Bereits nach einigen Minuten unauffälligem Spazieren fiel mir ein alter Opel Kadett auf, der sehr gepflegt wirkte, aber sicher bereits an die zwanzig Jahre auf dem Tachometer hatte. Perfekt. Solche Autofetischisten neigen dazu, die Fahrzeuge immer vollgetankt bereitzustellen. Außer mir war kein anderer Mensch zu sehen, also stellte ich meine Handtasche unauffällig auf die Motorhaube, damit es so aussah, als ob ich etwas suchen würde. Mit einer raschen Handbewegung klemmte ich den Schraubenzieher zwischen Tür und Dichtung des Autos, drückte damit die Tür etwas aus dem Rahmen und steckte den Kleiderhaken durch. Mit der Schlinge konnte ich den Knopf der Türsperre umfassen, ein Ruck und schon offen. Wunderbar. Geht noch immer. Bevor mich noch jemand entdeckte, schlüpfte ich schnell auf den Fahrersitz und zog die Kabel unter dem Lenkrad hervor. Binnen einer halben Minute ratterte der Motor, und meine Tour ins neue Leben konnte beginnen.

Langsam fuhr der alte Wagen über die bald erreichte Landstraße. Immer mehr entfernte ich mich von der Stadt und bewegte mich in die Gegend, wo ich alte Weinkeller vermutete. Dies erschien mir als geeignet, denn diese Keller wurden gut und stabil gebaut, lagen nicht in den Ortschaften, und meist waren sie unter großen Erdhügeln versteckt. Kindheitserinnerungen ans Versteck-Spielen in diesen Kellern wurden in mir geweckt, da mein Vater mit mir oft in diese Gegend fuhr. Umso näher ich den Kellergassen kam, umso mehr konnte ich mich erinnern. Damals gab es einen von diesen Kellern, bei dem der Eingang eingebrochen war. Weil das Ausschaufeln des Einganges zu schwierig war, hatte der Weinbauer einfach einen neuen Eingang von oben eingebaut. Als Türe eine Falltür zum Aufklappen.

Eine Leiter als Abstieg und fertig. Zur damaligen Zeit nahmen die Menschen das nicht so genau mit Bauvorschriften oder Sicherheit. Für uns Kinder war das natürlich perfekt. Genau nach diesem Keller wollte ich suchen.

Immer mehr kam mir die Gegend bekannt vor. Die Häuser der Dörfer, der Blumenschmuck, alles so wie damals. Hier hatte sich einfach nichts verändert.

Instinktiv wusste ich, welchen Feldweg ich fahren musste, und kurz darauf konnte ich den Wagen neben dem gesuchten Keller abstellen. Der Eingang, der zum Weg hin lag, war mittlerweile vollkommen zugewachsen. So wie das aussah, machte sich keiner die Mühe, diesen wieder auszugraben. Ich konnte also annehmen, dass der versteckte Eingang an der Oberseite nach wie vor vorhanden war. Mit dem Handy fotografierte ich die Umgebung, den verschütteten Eingang, und machte mich auf, den Aufstieg zum tatsächlichen Eingang zu wagen.

Oben angekommen, stand ich auf einer verwilderten Wiese und konnte nicht die Spur einer Falltür entdecken. Irgendwie musste ich die doch finden können. So schwer konnte das nicht sein. Das Gewicht meiner Handtasche erinnerte mich an den großen, schweren Schraubenzieher, der sich darin befand. Also zog ich ihn heraus und begann ihn in Abständen in den Boden zu stechen. Wenn die Falltür noch vorhanden war, dann müsste ich einen Widerstand bemerken, denn das Erdreich war vom letzten Regen noch weich, und das Metall des Schraubenziehers glitt leicht in den Boden.

5. Kishara, heute

Stille. Angespannt wartete ich darauf, noch einen Laut zu hören. Ich atmete flach und versuchte, vollkommen ruhig zu sein. Vielleicht war dort oben jemand, der jeden Moment mein Gefängnis öffnen würde. Was war es, das ich geglaubt hatte zu hören? Waren es Schritte oder eine Stimme, die ich wahrgenommen hatte? Es schien mir unmöglich, das Geräusch einzuordnen. Nur, dass da irgendetwas gewesen war, das wusste ich. Ich öffnete meinen Mund, wollte um Hilfe rufen, doch der Versuch misslang, denn kein Ton kam über meine Lippen. Wie ein Blitz schoss der Gedanke durch meinen Kopf, es könnte der Entführer sein, und er war gekommen, um sein Werk zu vollenden. Die Angst schnürte mir die Kehle zu. Warum ich so reagierte, konnte ich mir selbst nicht erklären; logisch war das nicht. Denn die Person, die mich hier unten eingesperrt hatte, wusste doch sowieso, dass ich hier war. Aber mein ganzes Verhalten ließ sich nicht mehr mit der normalen Reaktion eines Menschen vergleichen. War ich sonst jemand, der genau wusste, was er tat, verwandelte ich mich jetzt zu einem Häufchen Elend. Ich lernte ein mir unbekanntes Gefühl kennen – Schwäche! Und genau diese sorgte dafür, dass die Panik in der Ecke meines Verstandes kauerte und nur darauf wartete, mich erneut anzuspringen. Ich versuchte, mir selbst Mut zuzusprechen, und das, was mich daran hinderte, Stärke zu zeigen, nicht zu beachten. Es reichte gerade noch, dass zumindest ein leises *Hallo* aus meinem Mund kam. Zaghaft, kaum hörbar, fast wie ein Flüstern. Natürlich kam keine Reaktion; selbst wenn ein Mensch dort oben über mir wäre, so wäre es für ihn unmöglich gewesen, meinen Hilferuf zu hören. Erneut rief ich: „Hallo!", diesmal um einiges lauter, doch auch jetzt öffnete sich keine Tür, kein Licht fiel in mein Verlies. Es kam keine Rettung, um mich hier rauszuholen. Ich bettelte, flehte und schrie immer wieder: „Hallo! Ist hier irgendjemand?! Bitte! Hilfe! Helft mir doch, ich bin hier unten eingesperrt! Hilfe!!!". Immer lauter wurden meine Rufe, ohne dass ich eine Antwort erhielt. Mir war überhaupt nicht mehr bewusst, was ich tat. Es schien, als ob ich all meine Panik rausschreien wollte.

Irgendwann begriff ich, es hatte keinen Sinn; wer auch immer da oben gewesen war, war schon lange wieder fort. All mein Flehen half mir nicht, und ich würde weiter in meinem Käfig gefangen bleiben, allein.

Meine Stimme versagte, und wieder verfiel ich in einen Zustand der Resignation. Fast kam es mir so vor, als ob ich den Klang meines eigenen Zerbrechens hören konnte. Ich rollte mich auf die Seite und zog meine Knie ganz eng an meinen Körper. Wie ein kleines Kind umklammerte ich sie mit beiden Armen. Ohne dass ich es mitbekam, begann ich mich leise wimmernd hin und her zu wiegen. Statt stark zu sein, eine Lösung zu finden, überließ ich mich voll und ganz der Angst in mir. Sie flüsterte in meinem Verstand und malte Bilder, was werden würde, wenn mich niemals jemand hier finden würde. Wer war es, der mich hier wie ein Tier gefangen hielt? Ein Psychopath, ein Serienmörder, jemand, dem es Spaß machte, andere zu quälen? Würde er zurückkommen, um mich zu foltern? Ich hatte zu viele Filme gesehen, zu viele Bücher gelesen, deren Handlung genau meiner Situation entsprach. Eine Frau, die gefangen gehalten wurde – hilflos ihrem Peiniger ausgeliefert. Oh ja, ich hatte eine sehr ausgeprägte Fantasie. Konnte mir leibhaftig vorstellen, wie er mich schlug, vergewaltigte und immer wieder erniedrigte – nur so zu seinem Vergnügen. Und dann, wenn er genug von mir hatte, mein Leben beendete. So furchtbar diese Vorstellung in meinem Kopf auch war, sie ließ sich noch steigern. Denn was wäre, wenn niemand mehr diesen Raum betreten würde? Jemand, der mich als Spielzeug für seine abartigen Vorlieben hielt, würde dafür sorgen, dass ich – solange er es auskosten wollte – am Leben blieb. Das bedeutete, er würde mir zu essen und zu trinken geben. Und vielleicht ergäbe sich dann irgendwann auch eine klitzekleine Chance für mich zu fliehen.

Doch wenn es nicht so war und ich hier eingesperrt blieb, einfach entsorgt wie ein Stück Müll, wie wäre dann meine Zukunft hier unten? Kein Wasser, keine Nahrung und ohne Licht bedeutete, einen langsamen, qualvollen Tod zu sterben. Mein Schicksal wäre, vor Durst fast verrückt zu werden und zu spüren, wie mein Körper vor Hunger immer schwächer werden würde. Hier im Dunkeln zu liegen und zu warten, dass alles endlich ein Ende hätte. Zu hoffen, dass der Tod mich holen würde. Nicht einmal die Chance zu haben, meine Qual vorzeitig zu beenden. Es gab hier nichts, womit ich die Möglichkeit gehabt hätte, meinem Leben ein Ende zu setzen. Ich würde hier elendig in meinem eigenen Dreck verrecken.

Unruhig warf ich mich hin und her. Schweiß bildete sich auf meiner Stirn. Ich hatte das Gefühl zu ersticken, denn die Luft begann sich in meinen Lungen schal anzufühlen. Das Pochen in meinem Kopf hatte sich so verstärkt, dass es kaum noch zu ertragen war. Die Übelkeit stieg wieder in mir hoch. Diesmal war es mir unmöglich, sie zu bekämpfen. Ich begann zu würgen und erbrach das, was vielleicht meine letzte Mahlzeit für eine sehr lange Zeit gewesen sein würde.

6. Pamina, noch fast zwei Monate

Jedes Mal, wenn der Schraubenzieher bis zum Griff ins Erdreich eindrang, verzog ich enttäuscht das Gesicht. Nach meiner Erinnerung war der obere Eingang ziemlich in der Mitte. Dies hatte der Weinbauer damals so angelegt, da er es praktisch fand, wenn er mittig in den Keller einstieg. So musste er seine Flaschen nicht so weit schleppen.
Inzwischen hatte ich sicher schon einige Quadratmeter abgestochen, immer in Abständen von ungefähr zehn Zentimetern. Es erschien mir unmöglich, dass ich am Einstieg vorbeigearbeitet hatte. Aber vielleicht hatte ich einfach nicht die Mitte genau berechnet. An der Rückseite des Kellerhügels hatte sich im Laufe der Zeit ein kleiner Wald gebildet. Nun, eigentlich kein richtiger Wald, eher eine Ansammlung von riesigen Büschen, Dornenhecken und sonstigem Gestrüpp. Damit war das Ausmaß des Kellers schwer einzuschätzen, noch dazu, da in Erinnerungen aus der Kindheit sowieso alles ganz andere Dimensionen hatte. Aber es reizte mich nicht im Geringsten, in diesen Urwald zu krabbeln und eine Vermessung vorzunehmen. Also stocherte ich einfach mit meinem Schraubenzieher weiter im Erdreich herum. Mit jedem Stich bekam ich mehr Wut auf Marco – oder wie der Typ auch immer geheißen haben mag –, der mich in diese Situation gebracht hatte. Denn ohne seine Schulden wäre es nicht notwendig, dass ich auf einer feuchten Wiese herumkroch und Löcher in die Erde bohrte. Immer heftiger stieß ich in die Erde. Dann, endlich, der Schraubenzieher ging nur zur Hälfte in die Erde. Ich versuchte, fester zuzustoßen, aber es ging nicht. Die Spitze stieß auf einen

harten Gegenstand. Es hätte aber auch ein Stein sein können, also versuchte ich es noch ein paar Mal in Abständen
von ungefähr fünf Zentimetern im Umkreis. Wirklich: Hier
musste der Eingang vergraben sein; bis auf einmal – da
versank er wieder ganz im Erdreich – stieß der Schraubenzieher immer auf etwas Hartes. Immer in derselben Tiefe.
Ich hatte wirklich keine besondere Lust darauf, dass ich den
Eingang auch noch ausgrub. Es erschien mir im Augenblick
auch ziemlich unmöglich, da mein einziges Werkzeug dieses in meiner Hand war. Damit konnte ich unmöglich eine
Fläche in der Größe der Falltür vom Gras befreien und die
Erde wegschaufeln. Meine Aufgabe bestand ja auch nur
darin, einen Raum zu finden, der den Vorstellungen meines
Auftraggebers entsprach. Ich entschloss mich, es beim
„Finden" zu belassen und fotografierte mit dem Mobiltele-
fon die Umgebung, den verschütteten Eingang und den
Gestrüppwald. Oben am Hügel ließ ich meinen Schraubenzieher an der richtigen Stelle in der Erde stecken und fotografierte auch dies aus verschiedenen Richtungen. Für diesen Tag musste das einfach reichen. Eine Wegbeschreibung konnte ich noch immer zu Hause anfertigen.
Inzwischen schmerzten meine Knie von dem Herumkrab-
beln auf dem nassen Boden, meine Jeans waren vollkommen aufgeweicht und schmutzig. Es wurde Zeit, dass ich
die Heimreise antrat. Während der Fahrt hatte ich Zeit genug, um meine Gedanken zu sortieren. Inzwischen hielt ich
mich für vollkommen vertrottelt. Die Schulden und die damit auf mir lastenden Sorgen ließen ein normales Denken
einfach nicht mehr zu. Wie konnte ich so unglaublich blöd
sein! Nur ein einfacher Brief, ohne Absender, einzig mit der

Hoffnung, dass meine finanzielle Not ein Ende finden könnte, brachte mich dazu, ein Auto zu stehlen. Aber nun hatte ich es begonnen und würde es auch zu Ende führen.

Das Auto stellte ich einfach eine Seitengasse entfernt von dem Platz, wo ich es entwendet hatte, wieder ab. Mit ein wenig Suchen würde der Besitzer es schon finden. Zwar brauchte ich den Sprit auf, aber wenigstens nahm der Wagen keinen Schaden. Außer dass er von dem Schlamm des Feldweges ziemlich verdreckt war. Zu Fuß setzte ich den Weg zu meiner Wohnung fort.

Diese Sache wollte ich heute zu Ende bringen, also bereitete ich mir eine Tasse beruhigenden Tee zu und zeichnete den Lageplan und die Wegbeschreibung zu dem alten Weinkeller. Die Fotos druckte ich aus und steckte alles in ein Kuvert. Da die Post, wo sich das angegebene Postfach befand, nicht weit von meiner Wohnung entfernt war, brachte ich meine Antwort auf die Aufgabe gleich selbst dorthin. Doch die Zweifel in mir, ob es sich hier um einen Scherz handelte, wurden immer größer. Zwar blieb das Rätsel, wie der Absender von meinen Schulden wissen konnte, aber trotz allem war das Ganze doch ziemlich absurd.

7. Kishara, heute

Mühsam öffnete ich meine Augen, und ein saurer Geruch stieg mir in die Nase. Ich musste in meinem eigenen Erbrochenen völlig erschöpft eingeschlafen sein. Angeekelt drehte ich mich auf die andere Seite. Licht. Völlig überrascht sah ich, dass jemand eine große, weiße Kerze an mein Lager gestellt hatte. Der helle Schein der Flamme fiel auf ein Glas, das mit einer klaren Flüssigkeit gefüllt war. Hoffentlich Wasser. Im ersten Impuls wollte ich das Glas greifen und gierig einen Teil der Flüssigkeit trinken. Den Rest würde ich dazu nutzen, um mir diesen Gestank abzuwaschen. Gott sei Dank hatte ich mich jetzt einigermaßen unter Kontrolle und mein Überlebenswille war wieder erwacht. Das Wasser war zu wertvoll, ich musste es mir einteilen. Auch wenn ich jetzt wusste, es gab jemanden, der nicht wollte, dass ich starb, so hatte ich dennoch keine Ahnung, wann er mir wieder etwas zu trinken bringen würde. Vorsichtig nahm ich das Glas mit beiden Händen vom Boden. Langsam, um ja keinen Tropfen zu verschütten, führte ich es an meine Lippen und trank zaghaft einen kleinen Schluck. Es fiel mir schwer, mich zu überwinden und das Glas zurückzustellen. Das bisschen Flüssigkeit reichte bei Weitem nicht aus, um wirklich meine brennende Kehle zu kühlen. Nie hätte ich mir vorstellen können, dass Wasser köstlicher sein würde als der beste Wein, den ich jemals zuvor getrunken hatte. Ich richtete meinen Blick in die Flamme der Kerze. Das warme Licht tat mir gut. Auch wenn ich immer noch nicht viel von meiner Umgebung erkennen konnte, durchbrach der geringe Schein wenigstens die Finsternis, die mich umgab. Nur Dunkelheit, nicht wissen, ob es Tag oder Nacht war, bedeutete psychische Folter für mich. Die Kerze half mir ein bisschen, das Gefühl von Zuversicht zurückzuerlangen.

Da saß ich also auf meiner Matratze, ekelte mich vor mir selbst, und trotzdem lächelte ich. Ein Glas Wasser und eine einfache weiße Kerze sorgten dafür, dass meine Hoffnung, dies zu überstehen, zurückkam.

Es wurde Zeit, sich einen Plan zurechtzulegen. Während ich mir in die Hände spuckte, um zumindest ein wenig mein Gesicht von dem Erbrochenen zu befreien, ließ ich meine Gedanken aufs Neue in die Vergangenheit zurückgleiten. Dabei nahm ich nicht wirklich zur Kenntnis, wie ich meine Hände an der Matratze abwischte. Alles was zählte, war das, was in meinem Verstand vor sich ging.

Ich spürte genau, dass es wichtig war zu wissen, wer mein Kerkermeister war, damit ich mich aus dieser scheinbar ausweglosen Situation befreien konnte. Ich glaubte nicht wirklich daran, dass ich ein zufälliges Opfer war. Eher erschien es mir, als ob das Ganze schon länger geplant gewesen wäre und der Täter in meiner Vergangenheit oder in meiner näheren Umgebung zu suchen wäre. Nochmal führte ich mir die letzten Stunden, die in meiner Erinnerung gespeichert waren, vor Augen.

8. Pamina, noch fast zwei Monate

Ich traute meinen Augen nicht, als ich am nächsten Tag im Internet meine Konten überprüfte. Die Endsumme auf meinem Kreditkartenkonto war das erste Mal seit Monaten ohne dieses leidige kleine Strichlein davor. Ich hatte sogar ein Guthaben von über einhundert Euro. Für mich in meiner Situation stellte das ein Vermögen dar. Doch die ganze Geschichte machte mich auch nachdenklich. Die Sache erschien mir immer unheimlicher und – vor allem – krimineller. Denn, wie war es möglich, dass ein Mensch, der mir persönlich sicher nicht bekannt ist, über meine Konten Bescheid wusste? Dass ein Außenstehender von meiner finanziellen Not Kenntnis hatte? Wie konnte jemand an alle meine Kontodaten gelangen und binnen weniger Stunden Transaktionen durchführen, zu denen die Banken selbst Tage brauchten? War es denkbar, dass ich bereits seit Monaten beobachtet wurde und es nicht merkte? War ich trotz meiner Erlebnisse mit Marco zu unvorsichtig und unachtsam? Es wurde Zeit, dass ich lernte, besser achtzugeben. Sicherheitshalber, und weil ich letztendlich nicht so leichtsinnig sein wollte, machte ich mich auf den Weg zu meiner Bank.

Natürlich rannte ich da wieder gegen verschlossene Türen. Nicht in Wirklichkeit, sondern im übertragenen Sinn. Denn mir wurde jede Auskunft verweigert, aus Gründen des Datenschutzes. Ich konnte es mir einfach nicht verkneifen und fragte die Bankangestellte, ob dies bei denen, die unberechtigt in meine Konten einsahen, auch galt. Sie versuchte sich herauszureden, dass sie nichts Ungewöhnliches in den

Kontodaten fand, und sie selbst habe natürlich niemandem eine Auskunft erteilt. Also das Bankgeheimnis war wohl nur für die Kunden und die Bankangestellten ein Geheimnis, für Außenstehende eher nicht.

Diesen Weg hatte ich also umsonst gemacht. Also musste ich mir wohl oder übel über meine Vergangenheit den Kopf zerbrechen. Marco konnte ja nicht so verrückt gewesen sein, dass er mir seine Schulden zurückzahlen wollte, und weil es so lustig war, gleich mit ein paar Aufgaben für mich, damit er etwas zu lachen hatte. Das Ganze erschien mir wie eine Schnitzeljagd.

Langsam trottete ich wieder zurück in meine bescheidene Wohnung. Mein Magen knurrte, aber mein Gehalt war bereits aufgebraucht, und so ging ich erhobenen Hauptes am Lebensmittelladen vorbei. Zwar befand sich Geld auf meinem Kreditkartenkonto, aber für mich war das schlechtes Geld. Geld, das mir nicht gehörte, das ich mir nicht selbst verdient hatte. Blutgeld.

9. Kishara, heute

Der Arbeitstag war anstrengend gewesen. Es war wie immer viel zu tun. In dem Dorf, in dem ich lebte, hielt sich fast jeder ein Haustier. Ich war die einzige Tierärztin im Ort, und das bedeutete viele kleine Patienten für mich. Kaum hatte ich an diesem Tag die Tür geöffnet, betraten auch schon die ersten meine Praxis. Junge Mädchen mit Kleintieren wie Kaninchen, Meerschweinchen oder auch Ratten brachten ihre kleinen Lieblinge zur Untersuchung oder ließen sie impfen. Katzen wurden für die Kastration abgegeben. Um die Mittagszeit wurden Tina und ich zu zwei Notfällen gerufen. Beide Male war es uns möglich, das Tier zu retten. Auch der Nachmittag hatte keine großartigen Überraschungen für mich parat. Alles ging seinen gewohnten Gang. Jedoch kurz vor dem Feierabend gab es eine Situation, bei der auch ich, die selten Gefühl zeigte, schlucken musste. Ein älterer Herr betrat meine Praxis. Gebeugt und mit Tränen in den Augen trug er seinen altdeutschen Schäferhund auf den Armen. Nachdem er ihn auf die Untersuchungsliege gelegt hatte, schilderte er die Situation, in der er sich befand. Seinen Erzählungen entnahm ich, dass das Tier bereits fünfzehn Jahre alt war. Abgemagert lag der Hund da, und ich sah auf den ersten Blick, dass ich wahrscheinlich nicht mehr viel für ihn tun konnte. Weinend erzählte der Besitzer mir, dass der Hund alles war, was ihm noch von seinem alten Leben geblieben war. Er lebte auf der Straße, hatte kein Geld und niemanden, der ihm hätte helfen können. Dieses Tier war sein einziger Freund. Ich sah nicht viel Hoffnung, dass dieser meine Praxis wieder lebend verlassen würde. Trotzdem untersuchte ich ihn und bekam meinen ersten Eindruck bestätigt. Es tat mir in der Seele weh, als ich dem Mann mitteilen musste, dass sein Hund voller Krebs war und es das Beste wäre, ihn zu erlösen. Mir war bewusst, dass ich in dem Augenblick, als ich die Spritze ansetzte, diesem Menschen nicht nur den Hund nahm, sondern auch das letzte Stück Glück in seinem Leben. Doch ich hatte gelernt, damit umzugehen, denn solche Momente waren in meinem Beruf nicht selten.

Umso erleichterter fühlte ich mich, als er gegangen war und ich endlich die Tür hinter ihm abschließen konnte. Tina und ich verabschiedeten uns kurz und wünschten einander einen schönen Urlaub. Danach fuhr ich wie immer den gleichen Weg zurück zu meinem Haus. Ich parkte den Wagen in der Garage und stieg aus. Von hier aus führte direkt eine Tür in den Flur. Also brauchte ich nicht mal die Haustür aufzuschließen, um mein Heim zu betreten. Meine Kater kamen mir schon entgegen. Schnurrend strichen sie mir um meine Beine. Wussten sie doch, sie würden gleich ihr Futter bekommen wie jeden anderen Abend auch. So führte auch heute mein erster Gang direkt in die Küche. Hier sah alles genauso aus wie immer. Auf dem Küchenschrank stand die Flasche Wein vom gestrigen Abend. Ich hatte sie geöffnet, aber nur ein Glas getrunken. Müde von den Anstrengungen des Tages war ich sehr früh ins Bett gegangen. Das war etwas, was ich mir jeden Abend gönnte, ein schönes Glas Wein zur Entspannung. Heute würde ich nach dem Erlebnis mit dem letzten Patienten mehr als eines brauchen, um schlafen zu können. Doch zuerst ging ich zum Kühlschrank und holte das Katzenfutter heraus, um meine Tiere zu füttern. Nachdem ich das erledigt hatte, nahm ich ein Glas aus dem Küchenschrank und schenkte mir den Wein ein. Der Blick auf die Küchenuhr zeigte mir, dass es bereits zwanzig Uhr war und die Serie, die ich mir im Fernsehen anschauen wollte, gleich beginnen würde. Schon auf dem Weg ins Wohnzimmer nahm ich den ersten Schluck. Ich setzte mich in meinen Fernsehsessel und stellte die Flasche Wein auf den Tisch. Dann schaltete ich den Fernseher ein, und als meine Serie anfing, hatte ich bereits das erste Glas geleert. Erneut goss ich mir Wein ein. Bunte Bilder, die aus dem TV-Gerät kamen, berieselten mich. Immer wieder nahm ich einen Schluck. Ich schien sehr erschöpft zu sein, denn eine bleierne Müdigkeit sorgte dafür, dass ich mich kaum auf die Handlung konzentrieren konnte. Als ich schon fast am Einnicken war, klingelte mein Telefon. Mit wackligen Beinen stand ich auf und lief leicht schwankend hin, um den Hörer abzunehmen. Ich fühlte mich immer komischer, und mittlerweile war aus der leichten Unsicherheit ein Taumeln geworden. Die Welt begann sich um mich herum zu drehen, und die Stimme am anderen Ende der Leitung schien aus weiter Ferne zu kommen. Sie war für mich kaum noch zu verstehen. So sehr ich mich jetzt auch bemühte, mich an diese Stimme zu erinnern, es gelang mir nicht. Das Einzige, was in meinem Gedächtnis als Erinnerung geblieben war, war das, was sie sagte. Der Satz: „Und manchmal führt die Neugier zum Tode der Katze!" hallte immer noch in meinem Kopf nach.

10. Pamina, noch eineinhalb Monate

Wieder hatte der Postkasten einen Brief für mich. Diesmal ohne Briefmarke, also musste der Absender hier im Hausflur gewesen sein und ihn selbst eingeworfen haben. Kein sehr schöner Gedanke. Seit dem ersten Schreiben hatte ich mir angewöhnt, meine Post nicht mehr einen Tag später zu entnehmen, sondern sie gleich beim Heimkommen mitzunehmen und auch zu öffnen. Doch dieser Brief machte mir Angst. Insgeheim hatte ich gehofft, dass die Sache erledigt wäre. Leider nicht. Also legte ich ihn auf meinen alten Tisch, verschlossen wie er war, und versuchte noch irgendetwas Essbares zu finden. Während ich all meine Küchenschränke und Schubladen durchsuchte, begannen meine Gedanken, in die Vergangenheit zu wandern. Dabei geriet der Brief immer mehr in Vergessenheit.

Irgendwie kam ich aber nicht weiter zurück, als zu der Zeit mit Marco. Er war einfach ein wunderschöner Mann; alleine ihn anzusehen, war schon eine Freude für mich. Doch die erste Zeit unseres Zusammenseins war auch voll mit Liebe und Zuneigung. Er betrachtete mich als schöne Frau, las mir meine Wünsche von den Augen ab und verwöhnte mich auch im Bett auf wunderbarste Weise. Ich hatte absolutes Vertrauen zu Marco, erzählte ihm einfach alles, was mich belastete, erfreute, oder auch kleine Geschichten aus meiner Kindheit, von meiner Familie. Er hingegen berichtete mir nur tageweise, was er erlebte. Ging mit seinen Berichten nie in die Vergangenheit. Ich erfuhr nichts über seine Eltern, seine Schulen oder alten Freunde. Zwar versuchte ich mit allen Tricks, ihm die eine oder andere Information zu entlocken, denn Frauen neigen nun mal zur Neugier, aber da war nichts zu wollen. Immer wieder lenkte er auf ausgesprochen geschickte Art vom Thema ab, dass es mir nicht einmal wirklich auffiel, dass wieder eine Frage unbeantwortet blieb.

Nur eine einzige Sache, die kam immer leicht zum Vorschein. Er liebte Hunde. Also, vielleicht sollte ich hier lieber sagen, er vergötterte Hunde. Natürlich sagte er mir das nicht direkt, sondern ich merkte das an seinem Verhalten. Wir gingen in der Innenstadt spazieren. Das Wetter war angenehm warm und viele Obdachlose säumten die Gehwege. Für mich war das eher ein Grund auszuweichen, nicht zu nahe vorbeizugehen. Dieses Elend der Menschen war so erdrückend für mich. Ich konnte ja nicht jedem helfen, und wenn ich einem einen Euro gab, so fühlte ich mich verpflichtet, es bei jedem zu tun. Doch dazu fehlte es mir einfach an genügend Geld. Bei Marco war das anders. Er suchte direkt den Kontakt zu diesen Menschen. Blieb bei jedem stehen, sprach einige Worte mit ihnen und reichte ihnen die Hand. Doch wenn einer einen Hund bei sich hatte, dann war Marcos Verhalten noch ungewöhnlicher. Er hatte immer in seiner Jackentasche Hundeleckerlis, und diese fütterte er den Hunden. War einer besonders abgemagert, dann kam es schon vor, dass er extra in ein Geschäft lief und einige Dosen Hundefutter besorgte, um sie dem Obdachlosen für sein Tier zu schenken. Einmal, und diese Situation fiel mir jetzt wieder im Besonderen ein, war alles noch eigenartiger. Ein sehr alter Mann saß auf einem Karton, sein Hund war mindestens so alt wie er, und dieser Mann stand auf, als er Marco sah. Er stand da und starrte ihn an. So, als ob es sich bei Marco um einen Geist handelte. Und Marco – blieb nicht stehen. Er ging einfach vorbei. Nicht einen einzigen Blick gönnte er dem Mann oder dem Hund. Auch keines seiner Leckerlis gab er ihnen, obwohl dieser Hund es mit Sicherheit gebraucht hätte. Und langsam kam mir das Gesicht des alten Mannes wieder in den Sinn. Die Augen, die flehend, aber angstvoll auf Marco gerichtet waren. Die Gesichtszüge. Er hatte dieselbe Nase wie Marco, er hatte dieselben Augen wie Marco. Er war gleich groß wie Marco. Es hätte Marco sein können, wenn er einmal alt war.

11. Kishara, heute

„Und manchmal führt die Neugier zum Tode der Katze“,
was für ein merkwürdiger Satz ... Egal, wie oft ich auch diese Worte vor mich hin sprach, ich konnte nichts damit anfangen. Sie ergaben absolut keinen Sinn für mich. Aber zumindest wusste ich jetzt, dass ich mit meiner Vermutung,
einem hinterhältigen Plan zum Opfer gefallen zu sein, richtig lag. Jemand war während meiner Abwesenheit in mein
Haus eingedrungen. Eine Person, die mich und meine all-
täglichen Gewohnheiten ganz genau kannte. Wusste, dass
ich, wenn ich von meiner Arbeit nach Hause kam, niemals
die Vordertür benutzte. Hätte ich das getan, wäre mir vielleicht etwas aufgefallen. Aber auch an meinem letzten
Abend in Freiheit ging ich meinen normalen Gepflogenhei-
ten nach. Dazu gehörte auch die Flasche Wein, aus der ich
jeden Abend ein paar Gläser trank. Es kam eigentlich so
gut wie nie vor, dass ich sie komplett leerte. Etwas Wein
blieb immer übrig, und diesen Rest bewahrte ich für den
nächsten Abend auf. Niemals würde ich den guten Wein
wegschütten. Diese Kenntnisse aus meinem Leben konnte
nur jemand haben, der mich besser kannte. Es brauchte
kein Genie, um herauszufinden, dass ich vergiftet worden
war oder besser gesagt durch irgendetwas, was dem Wein
zugefügt wurde, ruhiggestellt.
Kein Perverser, der mich überfallen hatte, kein Serienkiller.
Moment! – Wie kam ich darauf, dass es keiner von diesen
Verrückten gewesen war?
Auch wenn ich den Täter höchstwahrscheinlich kannte,
hieß das doch noch lange nicht, dass er keine kranke Per-

sönlichkeit hatte. Sie lauerten ja überall, unerkannt, selbst in der eigenen Familie. „Stopp!", rief ich mich zur Ordnung. Ich begann schon wieder, mich in Gedankenstränge zu verstricken, die nicht gut für mich waren. Ganz besonders gerade jetzt. „Reiß dich, verdammt nochmal, zusammen!'". Die Worte, die ich ausstieß, klangen nicht mehr so zaghaft wie noch vor einigen Stunden. Stunden, waren es wirklich Stunden gewesen? Oder Tage? Dieses Nicht-Vorhanden-Sein vom Wechsel zwischen Licht und Dunkelheit brachte mein Zeitgefühl komplett durcheinander. Mir blieb nichts anderes übrig, als zu raten, wie spät es sein könnte, und auch das half mir nicht. Wenn du sonst immer mit der Uhr und nach Terminplanung lebst, ist es schwierig, ohne das auszukommen. Der Entführer, der Täter oder das Monster, wie auch immer ich ihn nennen sollte, wusste haargenau, dass dies eine psychische sowie körperliche Qual für jeden, also auch für mich, war. Sehnsuchtsvoll blickte ich nach oben in das Nichts, wünschte mir mehr als alles andere die Sonne in meinem Gesicht. Helligkeit, die mir zeigte, wo ich war. Wenigstens hatte ich jetzt eine Kerze. Ich schaute in die Flamme. Ein wenig unruhig flackerte sie, neigte sich et-was nach rechts, doch nicht so stark, dass ich mir Sorgen machen musste, dass sie erlosch. Gut, das bedeutete, dass in dieses Verlies Luft eindrang. Ich würde nicht ersticken. Es gab irgendwo hier ein Loch oder eine Lücke, durch die sie eindrang. Einen Ausgang, den die kranke Person benutzt hatte, um mir die wenigen Habseligkeiten zu bringen. Ich brauchte nur Zeit, um ihn zu finden. Nur Zeit – wie leicht sich das doch sagen ließ. Kritisch schaute ich nochmal die Ker-ze an. Wie lange war es wohl her, dass sie neben mich hingestellt und angezündet worden war? Die Hälfte schien bereits abgebrannt zu sein. So viel zum Thema Zeit. Allzu viel würde mir nicht davon übrigbleiben, bis sie vollständig erlosch. Im Dunkeln brauchte ich nicht versuchen, einen Fluchtweg zu finden. Diese schmerzhafte Erfahrung hatte ich ja bereits hinter mir. Die Kerze nehmen und damit versuchen, einen Ausgang zu finden, um hier rauszukommen – viel zu riskant. Nur ein klitzekleiner Fehler von mir könnte der Auslöser für ein endgültiges Sterben der Flamme sein. Auch wenn es wirklich keine leichte Aufgabe für mich darstellte – nein, beinahe eine übermenschliche: Das Beste, was ich tun konnte, war abwarten. Natürlich würde ich das nicht auf Dauer durchstehen, denn dass die Panik sehr bald wieder ihr Spiel mit mir spielen würde, dessen war ich mir sehr wohl bewusst. Dennoch, solange ich es aushalten konnte, würde ich hier auf dieser Matratze verharren, warten und nach einer wirklichen Lösung suchen.

Gierig schaute ich zu dem Glas Wasser hinüber. Wie gerne würde ich es jetzt ergreifen und in einem Zug leer trinken. Doch ich widerstand meinem Wunsch. Ja – Ich war in einer wirklich miserablen Situation, trotzdem würde ich mich nicht so einfach gehenlassen und aufgeben. Ich nicht! Für einen Moment fühlte ich mich fast richtig gut. Gestärkt durch meine eigene Motivation, saß ich auf meinem dreckigen Lager und wartete auf etwas. Was das sein sollte, das war mir allerdings nicht wirklich klar. Wieder hörte ich das Tropfen aus weiter Ferne. Sonst nichts. Jedoch wirkte es beruhigend, einlullend auf mich. Wie das Klacken des Gegenstandes, den man benutzte, wenn eine Person hypnotisiert wurde. Ein mir nicht unbekanntes Geräusch. Ich hatte es vor langer Zeit selber erlebt. Mit sechzehn Jahren hielten meine Eltern die Hypnosetherapie für eine gute Idee, um mich auf den richtigen Weg zu bringen. Meine sogenannte Krankheit zu heilen. Eine Krankheit – die, wenn man mich fragte, nur in ihren Köpfen bestand. Anders als andere Jugendliche zu sein, bedeutete nicht, dass etwas nicht mit einem stimmte. Zumal jeder junge Mensch seine eigene Persönlichkeit erst finden musste. Meine Eltern hatten eine bestimmte, vorgefertigte Vorstellung von meiner Zukunft und wie sie sein sollte. Immer schon versuchten sie mich in die, wie sie es nannten, richtige Richtung zu leiten. Mich fragte keiner, ob ich das, was sie mit mir taten, auch wollte. Meine tollen, ach so liebevollen Eltern. Ich spürte, wie der Zorn in mir aufstieg. Nach außen hin spielten wir das Theaterstück einer glücklichen Familie. Großes, perfektes Haus im Grünen, drei perfekte Kinder, eine perfekte Mutter und natürlich - der über alles perfekte Vater. Wir waren an Perfektion nicht zu überbieten. Hämisch grinste ich vor mich hin. Und dann gab es mich, eines von den drei Kindern, die rebellierte, weil sie nicht mehr in dieses perfekte Bild passen wollte.

Ich ... *Halt!* Jetzt war ich mir definitiv sicher, dass ich etwas gehört hatte! Über mir, klar und deutlich, war ein Kratzen und ein Klopfen zu hören. Diesmal begann ich nicht zu schreien oder zu betteln wie zuvor. Nein, ich horchte einfach weiter. Urplötzlich entfernte sich das Geräusch etwas, allerdings nicht so weit, dass es wirklich undeutlich wurde. Kurze Zeit danach war es erneut direkt über mir zu hören. Jetzt, wo ich sicher wusste, dass ich mir die Geräusche nicht eingebildet hatte, wurde es Zeit zu reagieren.

Also rief ich: „Hallo, ist da jemand?" Laut hallte meine Stimme durch den Raum. Sie war deutlich zu hören, und ich war selber verdutzt, wie sicher sie klang. Keine Spur von Ängstlichkeit war mehr in ihr zu vernehmen. Noch einmal wiederholte ich das Ganze und bekam leider, genau wie vor vielen Stunden, keine Antwort. Ich hätte lügen müssen, wenn ich jetzt behaupten würde, es ließ mich kalt. Bloß diesmal brach ich nicht mehr zusammen. Immer wieder ein Kratzen und Klopfen und immer wieder die gleiche Reaktion von mir – ohne wirkliches Ergebnis. Dann war nur noch Stille, und ich wusste, ich war wieder allein. Aber wenigstens wusste ich mehr über mein Gefängnis, zumindest die Lage. Ich war tief unter der Erde begraben. So tief, dass meine Stimme in dem Nichts verhallte. Jedoch gab es irgendwo Menschen über mir, und früher oder später würde mein Gefängnis entdeckt werden. Meine Zuversicht und auch meine innere Kraft wuchsen immer mehr. Bestens, denn nur so konnte ich das hier vielleicht glimpflich überstehen.

12. Pamina, noch eineinhalb Monate

Ich wollte diesen Brief nicht öffnen, wollte einfach nicht wissen, was für eine Aufgabe für mich darin stand. Es konnte nichts anderes drin stehen, aber es war meine eigene Schuld, dass ich in diese Situation gekommen war. Ich hatte mich blenden lassen von Marcos Liebesschwüren, seinen Lügen, seinem Aussehen. Habe den Menschen nicht geglaubt, die mich ewig kannten, denn die Wahrheit wollte ich nicht akzeptieren. Sie, die Außenstehenden, haben es sofort begriffen, dass dieser Mann alles andere im Sinn hatte – nur nicht eine Zukunft mit mir.

Der Brief, anklagend lag er vor mir. Bittend, dass ich ihn endlich öffnen sollte. Doch das war das Letzte, was ich wollte. Wenn ich herausfinden wollte, wer hinter dieser Sache steckte und was er damit bezwecken wollte, dann durfte ich dieses Schreiben einfach nicht anfassen. Der Inhalt musste ein Geheimnis bleiben.

Die Sache wurde für mich noch mysteriöser, denn ich wurde praktisch gezwungen, die Sache von zwei verschiedenen Seiten zu betrachten. Auf der einen Seite lag die Erpressung, soweit man hier eine sehen konnte. Nun ja, eigentlich schon, denn um eine Zukunft in meinem Leben zu sehen, war es unumgänglich, dass ich finanziell über die Runden kam. Um dieses Ziel zu erreichen, zwang man mich, dass ich etwas tat. Etwas, dessen Hintergrund bestimmt kein gutes Ziel hatte. Etwas Illegales. Verbotenes. Immerhin stahl ich schon ein Fahrzeug. Die Briefe trieben mich also in ein Verbrechen, oder mehrere. Der Erpresser hatte sicher noch viel Schlimmeres vor.

Langsam wurde es immer wichtiger für mich, dass ich Ordnung in mein Leben brachte. Zu lange ließ ich mich blockieren, versuchte nur, irgendwie durch die Tage und Wochen zu kommen, ohne zu verhungern. Doch das zwang mich auch dazu, mich nicht von der Stelle zu bewegen. Es blieb, wie es war und veränderte sich nicht. Also begann ich, mich vorwärts zu bewegen, in dem ich mein Leben rückwärts betrachtete. Versuchte herauszufinden, wo all das Übel begonnen hatte.

Die Zeit nach Marco konnte ich nicht als Leben bezeichnen, denn es war nur ein Dahinvegetieren. Auch schloss ich einmal aus, dass die Briefe damit etwas zu tun hatten. Wenigstens konnte ich einiges in meiner Recherche überspringen.

Marco ... – Ich lernte ihn damals auf sehr spektakuläre Weise kennen. Es war ein Tag, der begann, wie jeder andere Arbeitstag auch begann. Pünktlich um sieben Uhr betrat ich das Bürogebäude, in dem die Firma, wo ich arbeitete, lag. Täglich war ich die Erste, denn die Kolleginnen zogen es vor, am Morgen länger zu schlafen; ich dagegen war ein Morgenvogel. Die Stunde, bevor alle Telefone zu läuten begannen und immer jemand störte, war meine Topstunde. Ruhige Momente, in denen ich schwierige Aufgaben leicht erledigen konnte.

Doch diesmal war es anders. Als ich meinen Schlüssel in die Bürotür steckte, schwang sie von selbst auf. Sie war unverschlossen. Etwas, was noch niemals der Fall war. Sofort stoppte ich meinen Schritt und schob die Tür mit meiner Schuhspitze auf. Es brannte Licht. Der Gang war beleuchtet, und sämtliche Bürotüren links und rechts standen offen.

Auch aus diesen Büros strömte Licht heraus. Der Boss war ein Geizkragen, und niemals war es erlaubt, bei Tageslicht die elektrische Beleuchtung einzuschalten. Nervös kramte ich in meiner Tasche nach dem Handy. Etwas stimmte nicht, und es war mit Sicherheit besser, wenn ich den Polizeinotruf verständigte. Endlich fühlte ich das Gerät in dem Wirrwarr, dieses Teil versteckte sich immer in der letzten, tiefsten Ecke. Ich zog es heraus und wählte. Im selben Augenblick hörte ich jemanden ein Liedchen pfeifen, und ein Mann in Putzkleidung, bewaffnet mit einem Reinigungswägelchen, Eimern und Besen, kam aus einem der Büros und schlenderte mir entgegen. Ich ließ das Telefon sinken und beendete den Anruf.

„Morgen, junges Fräulein, schon arbeitswillig zu früher Stunde?"

„Bitte, was tun Sie hier?!", pflaumte ich ihn gleich an, „geputzt wird bei uns in der Nacht, nicht in der Früh! Anordnung vom Boss!".

„Aber Fräulein, verraten Sie mich nicht, ich bitte Sie! Gestern hatte ich eine längere Party und musste die Arbeit deshalb jetzt machen, aber es ist alles in Ordnung. Keiner wird was merken, wenn Sie nichts sagen." Bei diesen Worten lächelte er herzerwärmend. Nahm meine Hand in die seine, küsste diese, und bevor ich noch etwas erwidern konnte, griff er nach dem Putzwagen und verschwand zum Aufzug.

Gut, es war ja nichts passiert. Sicher war alles in Ordnung. Ich musste ja nichts sagen; er war ja sehr nett, dieser junge Putzmann. Warum sollte ich ihn verraten, das würde ihm nur Ärger einbringen und uns Angestellten den ganzen Tag einen mies gelaunten Boss. Also ging ich in mein Büro, um mit der Arbeit zu beginnen. Vorher schaltete ich die Beleuchtung in allen Räumen ab, damit keinem etwas auffiel. Eine Stunde später kam ein Bote mit einem großen Strauß Rosen. Rote Rosen. Zwischen den Blüten steckte eine Karte: „Heute Abend um sieben beim Italiener ums Eck, und danke, Marco".

So begann das damals mit Marco, und aus dem einen Abend beim Italiener wurde mehr. Er erzählte mir, dass er den Putzjob nur dieses eine Mal machte, da er für einen kranken Freund eingesprungen war, damit dieser seine Arbeit nicht verlor. Ich fand das reizend und fragte nicht weiter nach. Warum auch, war ja alles gesagt. Da sank ich lieber in seine starken Arme und ließ mich verwöhnen. Bereits eine Woche später zog er bei mir ein.

13. Kishara, heute

Wenn ich auch meine Angst unter Kontrolle hatte, die Bedürfnisse meines Körpers besaßen ihren eigenen Willen. Meine Kopfschmerzen und auch die Übelkeit hatten zu meinem Glück nachgelassen. Nur noch leicht verspürte ich ein dumpfes Pochen in den Schläfen. Meinem Handgelenk ging es bis auf eine Schwellung gut, solange ich es nicht großartig bewegte. Dafür begann mein Magen zu stechen und zu krampfen. Ich hatte schon länger nichts mehr zu essen bekommen, und der Hunger, den ich verspürte, sorgte dafür, dass mein Bauch sich meldete. Wer schon mal eine Nulldiät gemacht hatte, würde wissen, wovon ich sprach. Dieses Gefühl der Leere, insbesondere dadurch hervorgerufen, dass ich mich übergeben hatte, war sehr unangenehm. Dazu gesellte sich das Problem, dass ich auf die Toilette musste, dringend! Meine Blase fühlte sich bereits jetzt schon so an, als könnte sie jederzeit platzen. Ich kniff die Beine zusammen und versuchte, mich auf andere Gedanken zu bringen. Unmöglich; der Drang, Wasser zu lassen, ließ sich nicht unterdrücken. Schamgefühl überkam mich. Es blieb mir nichts anderes übrig, als mich auf den Boden zu hocken und zu urinieren. Ich krabbelte von meinem Schlafplatz und kroch ein kleines Stück von ihm weg. Hektisch zog ich meine Hose herunter, ging in die Hocke und versuchte, mein Gleichgewicht zu halten, während ich der Natur freien Lauf ließ. Nur ein kurzer Augenblick der Erleichterung blieb mir, dann stieg der Ekel vor mir selbst, noch stärker als zuvor, in mir hoch. Ich war ein reinlicher, pedantischer Mensch. Körperhygiene war für mich überlebenswichtig. Dies hier war alles andere als das. Wann hatte ich mich das letzte Mal gewaschen, mir die Zähne geputzt oder die Kleidung gewechselt? Jetzt hockte ich hier, in meiner eigenen Pisse. Erbrochenes auf meiner Kleidung und im Gesicht, süßlicher Schweißgeruch, der von mir ausströmte, und konnte nur froh sein, dass ich noch lebte.

Der Entführer brauchte mich nicht zu schlagen; seine Misshandlung erfolgte bereits, ohne dass er irgendetwas dazu tun musste. Er nahm mir meine Würde, das Gefühl ein vollwertiger Mensch und kein Dreck zu sein. Ich stand auf und zog mir die Hose hoch. Gedemütigt von meinem eigenen Körper, ging ich mit staksigen Schritten zurück zu meinem Lager, das jetzt meinen einzigen Zufluchtsort darstellte.

Dieses Gefühl von Minderwertigkeit – Ich war wieder kurz davor zu weinen. Mit fahrigen Händen wischte ich in meinem Gesicht herum. Ich spürte die raue Schicht um meinen Mund und auf den Wangen, die das Erbrochene hinterlassen hatte. Ohne nachzudenken begann ich zu kratzen, um sie zu entfernen. Ich wollte den Schmutz loswerden. Immer mehr grub ich die Nägel in meine Haut. Immer tiefere Striemen würden auf meinem Gesicht sichtbar sein. Es war verrückt, was ich tat, doch ich war nicht in der Lage, damit aufzuhören. Es schmerzte, brannte wie Feuer, aber diese Misshandlung, die ich mir selber zufügte, hatte ich unter Kontrolle. Es war meine Entscheidung, wann sie enden würde. Es war ... irgendwie verrückt. Kraftlos ließ ich die Hände sinken. Das was meine Eltern mir immer wieder prophezeit hatten, genau in diesem Augenblick wurde es Realität: Ich war auf dem besten Weg, wahnsinnig zu werden.

Meine Kindheit war in den ersten Jahren die eines zu sehr gewollten Kindes. Ich war das älteste von drei Kindern. Bis zu meinem sechsten Lebensjahr war meine Welt eine sehr behütete. Über alles geliebt von meiner Mutter und die Prinzessin meines Vaters. Jeder Wunsch wurde mir von den Augen abgelesen. Nie gab es ein Nein von meinen Eltern. Für sie war Geld ja auch kein Problem. Davon besaßen sie mehr als genug. Äußerte ich, dass ich ein Pony haben wollte, dauerte es nicht lange und ich bekam es. Selbst die Gäste auf meinen Geburtstagen waren so etwas wie gekaufte Komparsen. Nie wäre eine Absage auf eine Einladung gekommen; mit meinen Eltern musste man sich gut stellen. Besaßen sie doch die größte Firma und waren somit der mächtigste Arbeitgeber im Ort. Hier wurde Tierfutter hergestellt und verkauft. Man brauchte viele Arbeitnehmer für die Produktion, den Verkauf und das Beliefern der Einzelhändler. Es war ein gutes Geschäft. Niemand würde jemals irgendetwas, das mein Vater von ihm forderte, ablehnen. Das gleiche galt für seine Frau und seine Tochter. Für mich war es das reinste Paradies. Dann wurde meine Schwester Tamara geboren. Ein Jahr später der Stammhalter Nikolai, benannt nach meinem Großvater. Von dem Zeitpunkt an, als ich nicht mehr das einzige Kind für meine Eltern war, änderte sich für mich alles. Fand ich am Anfang das neue Baby im Haus noch süß und interessant, wurde es immer mehr zu einem von mir ungewollten Übel. Die Rollen änderten sich; nun war sie der Sonnenschein für meine Eltern. Schon mit sechs Jahren kapierte ich, dass sie mir alles genommen hatte. Wie sie dalag in ihrem Bettchen mit ihren großen Kulleraugen. Wie meine Eltern vor ihr standen und mit verzücktem Blick dieses miese kleine Stück anstarrten. Ich hasste meine Schwester abgrundtief.

Auch Nikolai war ein hübsches Kind, aber er kränkelte leicht und war auch nicht der Hellste, wie sich im Laufe der Jahre herauskristallisieren sollte. Nikolai stellte keine wirkliche Konkurrenz für mich dar. Normalerweise hätte man ja denken müssen, dass er als einziger Sohn die Hauptrolle in unserer Familie übernehmen würde, aber nein, dem war nicht so. Diese Position stand ja bereits Tamara zu. Tamara hier, Tamara da, den lieben langen Tag. Tamara, die Hübsche, die Zarte, die Schlaue. Mit acht Jahren fasste ich einen Plan, den Plan, der mir helfen sollte, sie möglichst bald los zu werden.

Lange war das nun her. Ich war doch noch ein kleines Mädchen. Meine Gedanken waren nur ein Stück kindlicher Fantasie gewesen. Das was später wirklich passierte, war nicht meine alleinige Schuld. Nur ein Unfall, ein tragischer Zufall, mehr nicht. Heute war ich eine erwachsene Frau, die ein ganz normales, unbescholtenes Leben führte. Alleine zwar, aber trotz allem ein gutes. Es war lange her, dass ich an all das zurückgedacht hatte. Jetzt gab es sowieso keine Möglichkeit mehr, das, was damals geschehen war, rückgängig zu machen. Mich hier gefangen zu halten, würde auch nichts daran ändern. Nein – Meine Schwester war für meine Entführung bestimmt nicht verantwortlich. Sie konnte es nicht sein, denn mich zu betäuben und hier unten einzusperren, diese Möglichkeit gab es für Tamara nicht! Also wäre ich mit dem Glauben, sie sei diejenige, welche mich hier quälte, vollkommen auf dem falschen Weg. Ich gähnte und merkte, dass es mir immer schwerer fiel, einen klaren

Gedanken zu fassen. Es wurde Zeit für mich, ein wenig aus-
zuruhen. Die Erinnerungen an meine Vergangenheit zer-
mürbten meinen Verstand. Da mein Körper sowieso nur
noch auf Sparflamme arbeitete, entschied ich mich, ihm
eine Ruhepause zu gönnen. Ich legte mich auf den Rücken, schloss meine Augen und hoffte, wenigstens für eine
kurze Zeit im Land der Träume diesem ganzen Wahnsinn
entfliehen zu können.

14. Pamina, noch eineinhalb Monate

Noch immer lag der Brief vor mir, und noch immer war ich fest entschlossen, ihn nicht zu öffnen. Zuerst herauszufinden, von wem er war. Da ich in meiner Panik und gleichzeitigen Hoffnung auf Verbesserung meiner Lage den Anweisungen im ersten Brief folgte und unüberlegt ein Verbrechen beging, war mir der Weg zur Polizei nun versagt. Ich würde eine Strafe wegen des Autodiebstahls bekommen, das Geld auf meinem Konto würde beschlagnahmt werden, und meine Lage wäre schlimmer als vorher. Sicher würden sie annehmen, dass ich mir die Geschichte mit den Briefen nur ausgedacht hatte, damit ich von meiner Schuld ablenkte. Eine Hilfe von Seiten der Polizei war also nicht zu erwarten.

Wie blöd war ich eigentlich damals? Von wegen Freund vertreten. Der wollte seinerzeit etwas anderes in den Büroräumen. Zwar kam mir nie etwas über irgendeinen Verlust zu Ohren, aber es gibt ja Geheimnisse, und wer weiß, was so mancher Kollege oder gar der Boss zu verbergen gehabt haben. Immerhin kam Marco damals aus dem Lohnbüro, und in seinem Wägelchen hätte er alles Mögliche verstecken können. Ich war ja damals so perplex, dass ich an die Möglichkeit eines Diebstahls überhaupt nicht dachte. Vielleicht steckte doch Marco hinter dem Ganzen. Will sich rächen, dass bei mir nicht mehr zu holen war. Doch Marco war nicht auffindbar. Die Polizei fand ihn nicht, wusste nicht einmal seinen wirklichen Namen. Wo sollte ich da beginnen?

Marco war fehlerlos. Er verwischte seine Spuren so gut, dass niemand ihn aufspüren konnte. Nie nannte er mir einen Wohnort von früher oder einen seiner Familie. Niemals besuchten wir alte Bekannte. Er war wie ein Mensch ohne Vergangenheit.

Doch eines hatte er vergessen. Die Kreditkartenbuchungen. Natürlich sah ich nie einen Beleg, und viele der Ausgaben tätigte er über Internet. Aber eben nicht alle. Denn ich ließ mir sämtliche Belege in Kopie von der Kreditkartenfirma zusenden. Damals in der vergeblichen Hoffnung, etwas stornieren zu können. In meiner Wut schmiss ich diese aber dann alle in einen Schuhkarton, ohne sie genau zu prüfen. Es wurde Zeit, dass ich dies einmal tat. Vielleicht fand sich da eine Spur. Irgendein Anhaltspunkt, wo er sich bewegte. Welche Orte zu seinem wirklichen Leben gehörten. Oder einfach Firmen oder Marken, die sich wiederholten, damit ich wusste, womit er sich gerne umgab. In den Monaten mit mir war ja alles Lüge; an meine Erinnerungen konnte ich mich einfach nicht halten, die waren nichts anderes als eine große Täuschung und für mich – eine große Enttäuschung.

Stück für Stück zog ich einen Beleg nach dem anderen aus dem Karton und breitete sie alle am Boden aus. Zuerst erschienen mir die Einkäufe wahllos. Eine Zuordnung zueinander unmöglich. Doch mit der Zeit fand ich einen Zusammenhang. Nicht bei allen, aber bei einigen. Es waren Belege eines Feinkostgeschäftes. Dieses Unternehmen war als eines der teuersten und feinsten bekannt und hatte im ganzen Land nur drei Geschäfte. Das Sortiment bestand ausnahmslos aus eigener Produktion. Internetshop gab es keinen, persönliche Kundenbetreuung war die Firmenphilo-

sophie. Damit war Marco gezwungen, dass er persönlich dort einkaufte. Nun brauchte ich nur herauszufinden, wo sich diese drei Geschäfte befanden und welche anderen Belege zu Shops gehörten, die in der Umgebung davon lagen, dann ließe sich der Aufenthaltsbereich von Marco etwas einschränken. Denn niemals hatte er von diesen Waren etwas nach Hause gebracht. Also musste er noch woanders eine Beziehung oder Wohnung gehabt haben.
Irgendwo hatte ich in einer Zeitschrift etwas über dieses Feinkostgeschäft gelesen. Wo war das nur? Ich war sehr verärgert damals über den Artikel, da die Waren derart dargestellt wurden, dass jeder sich so etwas gönnen sollte, denn Qualität hätte halt ihren Preis. Ich dachte mir, dass die Journalistin, die dies schrieb, wohl keine Ahnung von Lebensmittelpreisen haben konnte, und wie das ein Normalverdiener bezahlen sollte. Ach ja, das war in der Mittagspause im Büro, die Zeitschrift lag im Wartezimmer. So hoffte ich, dass sie sich noch immer dort befand.

15. Kishara, heute

Mein Wunsch, wenigstens in der Zeit, in der ich schlief, meiner Qual zu entfliehen, erfüllte sich nicht. Die Gedanken ließen mich nicht los und Bilder, sowohl aus der Gegenwart als auch aus der Vergangenheit, verfolgten mich. Zu Beginn des Traumes wirr, hin und her springend, wurde das, was ich sah, allmählich klarer. Das erste, das ich deutlich erkannte, zeigte mich, wie ich auf der Matratze saß. Dreckig und verletzt. Hilflos sah ich meiner eigenen verzweifelten Person zu. Dann jedoch änderte sich die Umgebung. Ohne etwas dagegen unternehmen zu können, glitt ich zurück in die Vergangenheit. Angekommen war ich zwar immer noch als die heutige Kishara. Aber ich existierte dort nicht alleine. Gleichzeitig sah ich das Kind Kishara am Swimmingpool meiner Eltern. Schmal und zerbrechlich, in Gedanken versunken, stand sie da. Eine Heranwachsende und doch bei genauerer Betrachtung bereits erwachsen wirkend. Kein kleines Mädchen sollte diesen ernsthaften Ausdruck im Gesicht tragen. Ihr Blick durchstreifte die Umgebung, als suchte sie etwas. Ein komisches Gefühl – nicht angenehm, mich als Kind zu sehen und gleichzeitig die Person zu sein, die es beobachtete. Doch ich wusste längst, wonach die kleine Kishara sich umsah. Alles in mir drängte danach, zu ihr hinzugehen. Sie anzusprechen, ihr klar zu machen, dass das, was sie vorhatte, nichts zum Besseren wendete, ja, sogar ihr Lage verschlimmerte. Nur, diese Möglichkeit ließ mir mein Unterbewusstsein nicht. Hilflos musste ich ihr weiter zuschauen. Das Kind in mir hatte endlich entdeckt, was es gesucht hatte. Ihre, oder besser gesagt meine Schwester Tamara, die auf einer Decke spielte. Sie lag auf dem Rasen, nahe am Swimmingpool. In ihr Spiel vertieft kämmte die Dreijährige das Haar einer Barbiepuppe. Sie liebte dieses Spielzeug abgöttisch. Dem Kind Kishara war das bewusst, und ihrem Gesicht konnte man ansehen, dass es etwas vorhatte, was böse war, sehr böse. Langsam setzte sie ihre Beine in Bewegung und lief zu Tamara hinüber. Mein heutiges Ich spürte genau, was die frühere Kishara empfand. Die Aufregung, die sie fühlte. Noch schlimmer – Sie schien glücklich zu sein. Die Gedanken, die ihren Verstand beherrschten, konnte ich wie ein Buch lesen. So wusste ich bereits jetzt, dass sie dabei war, ihren Plan, Tamara loszuwerden, auszuführen. Anstatt sie aufzuhalten, blieb mir nur die Rolle des Zuschauers. Ich sah, wie sie sich zu meiner Schwester setzte. Mit einem Lächeln im Gesicht streichelte sie ihr zärtlich über das Haar. Tamara schaute sie völlig ahnungslos an. Dass die große Schwester nichts Gutes im Schilde führte, konnte eine Dreijährige nicht kommen sehen. Kishara beugte sich herunter und flüsterte ihr etwas ins Ohr. Tamara kicherte und hielt ihr ihre Puppe entgegen. Auch Kishara lachte und nahm ihr die Barbie aus der Hand. Für einen kurzen Moment schaute mein heutiges Ich erst mich und dann wieder Tamara an. Ich wusste haargenau, was jetzt geschehen würde. Ein eisiger Schauer lief mir über den Rücken. Da passierte es – Ich war in meinem Traum nicht mehr nur der Beobachter, der den Kindern zuschaute. Wir beide, die erwachsene Kishara sowie das Kind, verschmolzen zu einer Person. Ich sah, empfand und dachte wieder genau dasselbe wie damals, als die Tragödie ihren Lauf nahm. Erwartungsvoll hatte Tamara das Gesicht ihrer

Schwester zugewandt. Sie schien abzuwarten, was sich als Nächstes ereignete. Meine Schwester brauchte nicht allzu viel Geduld zu zeigen, denn ich begann das Spiel! Zuerst nahm ich die Puppe hoch, drehte sie in meiner Hand hin und her. Dabei tat ich so, als betrachtete ich sie genau. Dann schaute ich wieder rüber zu meiner Schwester. Immer noch lächelte ich. Das Lachen in meinem Gesicht allerdings wirkte grausam. Tamara wurde langsam ungeduldig und wollte ihr Spielzeug zurückhaben. Mit flehendem Blick griff sie danach, aber ihre Hand fasste immer wieder ins Leere. Ich hob die Puppe höher und höher. Lachte unaufhörlich lauter, je mehr sie darum bettelte, die Puppe zurückzubekommen. Ich hatte etwas völlig anderes im Sinn, als ihr diesen Gefallen zu tun. Das Spielzeug immer noch in die Höhe haltend, kroch ich von der Decke auf den Rasen. Dort platzierte ich sie auf dem Gras. Tamara schaute verblüfft und schien zu überlegen, was sie als Nächstes unternehmen sollte. Dann stellte sie sich auf ihre kurzen Beine. Freudig glucksend tapste sie rüber zu mir. Endlich angekommen griff sie erneut nach der Barbie. Hoffnungslos – Ich robbte bereits wieder ein Stück zurück. Wiederum legte ich die Puppe auf den Boden. Für meine Schwester wirkte es so, als könne sie diese ohne Schwierigkeiten erreichen. Das gemeine Spiel wiederholte ich, bis wir beide am Swimmingpool angelangt waren. Dort ging ich auf meine Knie und wartete so lange, bis Tamara am Beckenrand vor mir stand. Mit wackeligen Beinen probierte sie krampfhaft, das Gleichgewicht zu halten. Darauf hatte ich nur gewartet. Die Puppe an den Haaren über das Wasser im Swimmingpool haltend, lauerte ich nur darauf, dass meine Schwester nach ihr griff. Im selben Augenblick, als das geschah, ließ ich sie los. Verzweifelt versuchte Tamara, sie zu erhaschen. Was dann passierte, ging so rasend schnell, dass selbst mein Vater, der aus dem Haus rannte, es nicht mehr aufhalten konnte. Während das kleine Mädchen zufasste, taumelte es und verlor das Gleichgewicht. Kopfüber stürzte sie in den Pool. Für einen Augenblick schien die Welt still zu stehen, dann ging alles wahnsinnig schnell. Vater sprang in den Pool und zog meine Schwester an ihrem Jäckchen heraus. Vorsichtig legte er sie an den Beckenrand. Sein Ohr an ihrem Mund atmete er hörbar auf. Gott sei Dank, sie lebte! Sanft fasste er unter ihren Kopf, bereit, die Wiederbelebungsmaßnahmen vorzunehmen. Dabei rief er nach meiner Mutter. Vorsichtig hob er Tamaras Köpfchen an. Plötzlich schrie er auf, als er sah, dass seine Hand voller Blut war. Das Blut seiner Tochter, die sich den Kopf am Beckenboden aufgeschlagen hatte. Ihr Atem kam flach und verzögert. Meine Mutter stürzte aus der Terrassentür. Fassungslos blieb sie stehen. Als sie begriff, was vor sich ging, begann sie zu schreien. Ich saß nur auf dem Gras und zeigte keinerlei Gefühlsregung. Seelenruhig schaute ich mir alles an, ohne irgendetwas zu tun. Völlig gleichgültig spielte ich an meinen Haaren, während um mich herum die Panik ausbrach. Vater brüllte meine Mutter an, sie solle endlich den Krankenwagen holen. Die wiederum rannte weinend ins Haus. Mein kleiner Bruder saß auf seinem Stühlchen und schrie, weinte, ohne dass jemand ihm Beachtung schenkte. Nur ich, ich blieb still und lächelte. Irgendwann ertönte Sirenengeheul und der Rettungsdienst fuhr die Auffahrt herauf. Vorsichtig trugen die Sanitäter Tamara auf einer Bahre in den Krankenwagen. Einer der Ärzte stand bei meiner weinenden Mutter. Tröstend legte er ihr den Arm um die Schulter, sagte etwas zu ihr und sie schluchzte leise auf. Behutsam führte er sie zu dem Krankenwagen hin, und auch sie stieg ein. Erneut ertönte lautes Sirenengeheul und das Blaulicht flackerte. Als der Krankenwagen wegfuhr, schaute ich ohne großartiges Interesse hinterher. Mein Vater blieb bei uns Kindern. Die Nanny hatte frei, und so gab es niemanden, der auf uns beide aufpassen konnte. Ich freute mich, keine Tamara, niemand, der uns störte. Mein Vater ging zu Nikolai, der immer noch kläglich weinte, um ihn zu beruhigen. Mit hängenden Schultern stand er vor seinem Babystühlchen und sprach leise mit ihm. Für mich waren die Worte unhörbar. Den Rücken hatte er mir zugewandt; daher gab es keine Möglichkeit für mich, seinen Gesichtsausdruck zu sehen. Dennoch, wie er da stand, gebeugt und einem alten Mann ähnlich, wirkte er, als ob etwas in ihm zerbrochen wäre. Alles in mir bat darum, diesen Anblick nicht weiter vor Augen zu haben. Ich kannte meinen Vater als einen starken Mann, und so sollte es weiterhin bleiben. Nur eine Möglichkeit gab es, dieses zu verändern – mich selbst. Wenn ich zu ihm lief und die kleine Tochter, die ihn brauchte, sein würde, wäre er wieder glücklich. Wir würden rumtoben und lachen. Eifrig sprang ich auf und rannte zu ihm. Mit meinen kleinen Fingern zupfte ich an seinem Hosenbein. Ich wollte doch, dass er mich endlich beachtete. Langsam drehte mein Vater sich um. Erwartungsvoll hielt ich ihm meine Hände entgegen, darauf wartend, dass er mich auf seine Arme nahm. Alles in mir wollte ihn spüren, seine totale Aufmerksamkeit bekommen. Dann sah ich seine Gesichtsmimik. Augen, die mich voller Ablehnung ansahen. In denen beinahe der Hass zu lodern schien. Obwohl ich noch ein Kind war, wurde mir klar, ich hatte alles zerstört. Mein Vater musste gesehen haben, was ich meiner Schwester zuleide getan hatte. Ein kleiner Hoffnungsschimmer in meinem Verstand sagte mir, selbst wenn es so sein sollte: Mein Vater liebte mich. Und er würde mir verzeihen. Die Reaktion meines Vaters, die dann folgte, brachte auch diesen zum Erlöschen. Hart stieß er mich von sich. Ich fiel hin und tat mir weh. Es interessierte ihn nicht – im Gegenteil. Gepresst stieß er mit kalter Stimme die Worte: „Lass das, geh weg. Ich kann dich nicht mehr sehen", hervor. Ich weinte nicht, und betteln würde ich schon gar nicht. Nur einen kurzen Augenblick kämpfte ich gegen die Tränen. Dann schluckte ich den Kloß im Hals runter, stand auf und lief ohne ein weiteres Wort ins Haus. Nun gut, wenn er mich nicht mehr liebte, würde auch ich ihn nicht mehr lieben. In meinem Zimmer angekommen warf ich mich auf das Bett. Mein Plan war nicht so glatt abgelaufen, wie ich es erhofft hatte. Fatal, dass mein Vater alles mit angesehen hatte. Klar, dass es schwierig sein würde, seine Liebe zurückzugewinnen. Aber ich sah mich selbst als ein kluges Mädchen. Nachdenklich schaute ich an die Decke. War Tamara mittlerweile tot? Nüchtern, ohne jegliches Mitgefühl für sie verneinte ich diese Frage; sie musste immer noch am Leben sein! Bis jetzt hatte ich kein Klingeln vom Telefon im Flur gehört. Wenn sie bereits gestorben wäre – sicherlich hätte meine Mutter unseren Vater sofort angerufen. Ja, meiner Schwester ging es schlecht, so weit war ich mir sicher. Aber reichte das aus, um den Störenfried aus unserem Familienleben zu verbannen? Unwahrscheinlich – solange sie noch atmete, gäbe es keine Ruhe vor ihr. Das nächste Mal würde ich dafür sorgen, dass Tamara endgültig starb. Ein neuer Plan, ein neues Glück! Wenn es mir gelang, ihn fehlerlos in die Tat umzusetzen, bedeutete das für alle die Freiheit. Natürlich, es gab immer noch Nikolai. Jedoch für ein gewitztes und schlaues Mädchen wie mich sollte es ein leichtes Spiel sein, auch ihn loszuwerden. Ich kicherte fröhlich voller Vorfreude auf mein späteres Leben. Nur meine Eltern und ich – wie wunderbar sah die Zukunft aus! Zufrieden kuschelte ich das Gesicht in die Kopfkissen. Welch angenehme Gedanken. Es dauerte nicht lange und ich schlummerte entspannt ein.

16. Pamina, noch eineinhalb Monate

Alle Knochen in meinem Körper fühlten sich an, als wären sie unter eine Walze geraten. Es dauerte eine Weile, bis ich fähig war, mich zu bewegen und in eine ordentliche Körperhaltung zu gelangen. Ich lag am harten Boden, umringt von vielen Zetteln, Quittungen und Notizen. Es war einfach so viel, was auf mich einrieselte. Fast war es so, dass jede kleine Tat von mir eine Lawine an neuen Aufgaben auslöste. Ich war einfach eingeschlafen, ohne dass ich vorher einen Hauch von Müdigkeit verspürt hatte, inmitten all der Belege, die Zeugen davon waren, wie schlecht und undurchschaubar manche Menschen sein können.

In der Vergangenheit versuchte ich, alles zu verdrängen, was mir angetan wurde, es zu vergessen und einfach jeden Tag zu warten, dass er vorübergeht und der nächste mich vielleicht mit einem Wunder überrascht. Aber das Wunder kam nicht. So ließ ich es weiterlaufen, das Leben. Doch der erste Brief hatte alles verändert. Brachte mich dazu, mich zu bewegen, etwas zu tun. Vielleicht war das das Wunder, auf das ich die ganze Zeit gewartet hatte. Nicht der Brief selbst, sondern das, was er bewirkt hatte. Mich aus meiner inneren Gefangenheit zu befreien. Mich anzutreiben, etwas zu tun, mich zu bewegen – nicht nur körperlich, sondern auch geistig.

Mein Kopf fing an zu schmerzen, und ich spürte einen leichten Schwindel; also legte ich mich auf den Rücken, streckte Arme und Beine von mir und schloss die Augen. Alle meine Erinnerungen tauchten gleichzeitig in meinem Kopf auf, fingen an, sich in einem immer schneller drehenden Wirbel zu drehen. Wie ein Tornado, der immer höher, breiter und rascher wurde. Bedrohend, dunkel und qualvoll tauchten in rascher Folge Bilder auf. Keine guten. Nur Augenblicke der Qual. Mit jedem Bild wurde der Wirbelsturm schwärzer, er nährte sich an meiner Vergangenheit. Zog mich zurück, immer weiter. Ich wollte mich wehren, wollte nicht so weit gehen. Doch mein Verstand hatte die Kraft einfach nicht.

Ein Zimmer, weiß und verschwommen nahm ich die Umgebung wahr. Hörte piepsende Geräusche, die gleichmäßig an mein Ohr drangen. Sie vermischten sich mit leise gemurmelten Worten, die ich nicht verstand. Ich wollte mich bewegen, meine Umgebung klar erkennen, doch es ging nicht. Es war, als wenn mein ganzer Körper angenagelt wäre. Vollkommen gefangen und bewegungslos. Dann vermischte sich all das um mich herum mit dem dumpfen Geräusch von Wasser, so wie beim Tauchen, verbunden mit einem stechenden Schmerz im Kopf. Meine Arme und Beine wollten strampeln, aber es ging nicht, das Gehirn gab den Befehl nicht frei. Meine Lunge wollte Luft, aber mit jedem Atemzug füllte sie sich mit Wasser. Beklemmend, erdrückend, panikauslösend. Das Bild eines grinsenden Mädchengesichtes. Böse, grausam. Es schob sich vor das Weiß des Zimmers. Dann diese Kälte, die mich von innen heraus überschüttete, und warme salzige Tränen, die von oben auf mein Gesicht tropften. Weiter geht die Fahrt durch die Vergangenheit, dreht mich zu dem nächsten Bild. Eine Liege, mitten in einem Garten. Jemand schiebt mir etwas in den Mund. Reflexartig kaue ich das Zeug, das keinerlei Geschmack hat. Noch immer war es mir nicht möglich, mich zu bewegen. Das Einzige, das funktionierte, war mein Kopf.

Ich konnte kauen und schlucken, meine Umgebung betrachten, aber drehen konnte ich ihn nicht. So gerne hätte ich hinausgeschrien, dass der Brei in meinem Mund grauenhaft geschmacklos war. Dass ich dieses klebrige Zeug nicht haben wollte. Aber ich konnte nicht. Die Worte bildeten sich zwar in meinen Gedanken, aber mein Mund sprach sie nicht aus.

„Glaubst du, dass sie uns wahrnimmt, dass sie weiß, dass wir hier sind, sie uns sehen kann und hören?" Die Worte einer Frau, die sich über mich beugte, drangen an mein Ohr. Aber ich wusste nicht, wer sie war.

„Ja, sie hört uns. Ich bin ganz sicher, dass sie uns hört. In ihren Augen flackert es, wenn du zu ihr sprichst!".

Der Mann, der mir den Brei in den Mund schob, versuchte mit diesen Worten die Frau zu beruhigen. Tränen und unendliche Qual spiegelte sich in ihren Gesichtern. Sie taten mir leid, ich wollte sie beruhigen, ihnen sagen, dass alles in Ordnung ist, ich sie hören und sehen kann. Doch das war mir nicht möglich. Ich war an diese Liege gefesselt. In diesem Körper gefangen, der nicht fähig war, sich zu bewegen oder auch nur eine kleine Geste zu zeigen. Mein Körper war tot und mein Geist lebendig.

„Die Ärzte haben gesagt, dass es keine medizinische Erklärung für ihren Zustand gibt", hörte ich die Frau wieder sagen.

„Es muss der Schock gewesen sein. Das Wasser, und dass die eigene Schwester ...", mehr konnte der Mann nicht sagen, denn er hielt sich die Hände vor die Augen und erzitterte in einem Schauer aus Weinkrämpfen.

„Sie sind doch beide noch so klein. Ich kann einfach nicht

glauben, dass das Kind es absichtlich gemacht hat. Sie wollte mit der kleinen Schwester spielen, wusste noch nicht, dass die Beinchen noch unsicher in der Bewegung waren."
Ich erinnerte mich daran. Die Puppe, meine Puppe. Ich sah sie vor mir, sie schwebte! Hüpfte auf und nieder! Ich musste hinterher. Meine Beinchen noch so wackelig, so unsicher. Immer schneller bewegte ich mich. Meine Schwester spielte endlich mit mir! Sie hatte Spaß mit mir, wollte, dass ich glücklich war. Ich hatte sie so lieb – meine Schwester und die Puppe. Wollte zu ihnen. Dann war der Boden weg. Einfach weg. Es war nass und kalt, und ich konnte meine Schwester nicht mehr sehen und die Puppe auch nicht. Die Bilder verschwanden wieder, und in immer schneller werdender Folge tauchten neue auf. So rasch, dass ich sie nicht erkennen konnte. Viele dunkle Erinnerungen.
Schweißgebadet schreckte ich auf. Fand mich wieder in dem Berg der Belege, auf dem Boden meiner kleinen leeren Wohnung.

17. Kishara, heute

Moment – entspannt einschlafen? Aber ich schlief doch. Alles, was ich glaubte, gerade zu erleben, ereignete sich nur in meinem Traum. Ein Alptraum mit den Erinnerungen der Vergangenheit. Die Gegenwart enthielt eine andere, noch grausamere Wahrheit. Ich war immer noch eingesperrt! Tamara, Gefängnis, früher, heute, Tod – Wortfetzen ohne Sinn wirbelten in meinem Kopf herum. Ich wollte dem nur noch entfliehen – mit aller Macht mich aus diesem Traum befreien! Was schlimmer war: Die Bilder der Vergangenheit oder das Gegenwärtige interessierten mich nicht. Mühsam schlug ich die Augen auf. Grelles Licht stach mir in die Augen. Schmerzhaft blendete es mich und machte es mir unmöglich, etwas zu sehen. Zu lange hatte ich im Dunkeln gelegen, so dass ich mich jetzt wie eine Blinde fühlte. Das Kerzenlicht hatte bei weitem nicht ausgereicht, die Dunkelheit zu vertreiben. Reflexartig kniff ich meine Augen wieder zu. Einen kurzen Moment abwartend, probierte ich von neuem, sie langsam zu öffnen. Noch fiel es mir schwer, das helle Licht zu ertragen, aber nach einigen Minuten begannen meine Augen, sich an die Helligkeit zu gewöhnen. Definitiv hatte ein erneuter Besuch meines Entführers stattgefunden, denn über mir baumelte eine nackte Glühbirne an einem weißen Kabel. Sie tauchte alles im direkten Umfeld in kaltes Licht. Ich sah mich genauer um. So wie ich es gleich zu Beginn vermutet hatte, erhielt ich jetzt die Bestätigung. Ein Kellergewölbe war das, was ich zurzeit mein Zuhause nennen durfte. Ein kalter, nasser Raum, gebaut aus Steinen einer vergangenen Zeit. Keine Tür, nur blanke Mauern hielten mich wie ein Tier gefangen. Aussichtslos zu fliehen. Als ich nach oben schaute, entdeckte ich eine Luke, viel zu hoch, als dass sie zu erreichen gewesen wäre.

Der Keller war doch nicht so klein, wie ich gedacht hatte, nachdem ich ihn durchsucht hatte. Das Licht reichte bei weitem nicht, um ihn komplett zu beleuchten. Die Ecken lagen im Dunkeln – unmöglich, dort etwas zu erkennen. Trotzdem war ich mehr als erleichtert, endlich wieder etwas sehen zu können, und dass die Düsternis ein Ende hatte. Ich schaute zur linken Seite meines Schlaflagers. Einiges hatte sich verändert. Die Kerze stand nicht mehr an ihrem Platz. Dafür, welch Freude, hatte ein blauer Teller mit Brotscheiben ihre Stelle eingenommen. Das Glas Wasser gab es zu meiner Erleichterung immer noch. Diesmal hielt ich mich nicht zurück. Verfolgt von den Eindrücken des Traumes, fühlte ich mich nicht in der Lage, meine Gier zu zügeln. Hastig griff ich danach und trank es in einem Zug leer. Endlich kein trockenes Gefühl mehr im Mund. Es tat so gut. Hungrig schaute ich auf das Brot. Schlau genug zu wissen, dass ein Magen, der lange nichts zu essen bekommen hatte, wieder ans Essen gewöhnt werden musste, handelte ich überlegt. Behutsam nahm ich nur ein kleines Stück von einer Brotscheibe und aß sie langsam. Dabei entdeckte ich einen Gegenstand, der mir zuvor nicht aufgefallen war. Ein schwarzes, dickes Buch. Daneben lag ein Kugelschreiber. Was sollte das? Der abwegige Gedanke, der mir durch den Kopf schoss, war zunächst tatsächlich, der Entführer hätte mir etwas zum Lesen dagelassen. Knabbernd an dem Brot starrte ich auf das Buch. Zögernd strich ich über den Buchdeckel, dann nahm ich es endlich in die Hand. Ich setzte mich im Schneidersitz hin und schlug die erste Seite auf. Weiß und leer bis auf ein einziges Wort lag sie vor mir. In schwarzer, geschwungener Schrift stand dort: *Schreib.* Ich runzelte meine Stirn, ohne zu begreifen, was das bedeuten sollte. Doch die Erklärung ließ nicht lange auf sich warten. Ich erhielt sie in dem Augenblick, als ich umblätterte und die nächste Seite aufschlug. Eisiges Grauen erfasste mich, während ich die dort geschriebenen Worte las:

Kishara:

Ich will, dass du die Geschichte deines bisherigen Lebens aufschreibst. Jedes kleinste Detail, bei dem du Menschen verletzt und gequält hast.

Ich gebe dir sieben Tage, um diese Aufgabe zu erfüllen.

Tust du es nicht – stirbst du.

Lügst du – stirbst du.

Lässt du etwas aus oder glaubst, es verheimlichen zu können – stirbst du.

Und wenn es mir nicht gefällt, was du geschrieben hast – ja, auch dann stirbst du. Soviel dazu.

Ach ja, ich hätte es fast vergessen. Damit du nicht mehr ganz so alleine bist, habe ich dir zwei Spielkameraden da gelassen. Du wirst sie sicher bald entdecken. Viel Spaß beim Schreiben!

Dein Entführer!

18. Pamina, noch eineinhalb Monate

Was für ein komischer Traum. Total verwirrt über die Bilder, die noch immer in meinem Kopf herumspukten, versuchte ich wieder auf die Beine zu kommen. Ein ziemlich schwieriges Unterfangen, nachdem ich stundenlang auf diesem harten Untergrund lag. Meine Bewegungen glichen eher einem alten, rostigen Roboter als einem lebenden Menschen. Jetzt brauchte ich erst einmal einen Kaffee, damit ich halbwegs zu mir kam. Irgendwo in meinem mageren Lebensmittelvorrat war doch so eine Probepackung Instantkaffee. Wo hatte ich die nur hingetan? Mit einer Hand hielt ich mich am Küchenschrank fest, mit der anderen durchforstete ich die Schubladen. Endlich, da war sie. Sie sah schon etwas vergammelt aus, aber zur Not würde es gehen. Ich schüttete den Inhalt in ein Glas und füllte es mit warmem Wasser, gleich direkt aus der Leitung. Für langwierige Kochvorgänge wollte ich keine Zeit verschwenden. Milch und Zucker ließ ich weg; ich brauchte jetzt einfach diesen bitteren Geschmack, um meine Sinne wieder in Ordnung zu bringen. Ich goss den grauenhaften Kaffee mit einem Zug in meinen Magen, was natürlich zu einem kurzen, stechenden Schmerz führte, aber wenigstens wurde ich wach.

Ich konnte nicht warten, ich musste diese Zeitschrift mit der Adresse aus dem Büro holen. Einen Schlüssel hatte ich, somit war es egal, welche Zeit und welcher Tag war. Gleich so, wie ich war, in Jogginghose und einem alten T-Shirt, machte ich mich auf den Weg.

Als ich den Flur zum Eingang des Büros entlang ging, wartete ich förmlich darauf, dass die Türe aufging und Marco mit dem Putzwagen herauskam. Natürlich ein völlig blödsinniger Gedanke, aber meine Nerven lagen einfach blank und die Erinnerungen an Begebenheiten, die ich meinem Leben einfach nicht zuordnen konnte, die brachten mich völlig aus der Bahn.

Vorsichtig steckte ich den Schlüssel in das Schloss und drehte ihn herum. Das normalerweise leise Geräusch hörte sich wahnsinnig laut an, und ich zuckte zusammen, drehte mich um, ob jemand mich ertappte, beim Einbruch an der eigenen Arbeitsstelle. Aber es war niemand zu sehen. Die Tür schwang auf, und auf Zehenspitzen, damit man meine Schritte nicht hörte, schlich ich in den Raum, wo ich die Zeitschrift das letzte Mal gesehen hatte. Und wirklich, da lag sie, genau als oberste. Schnell steckte ich sie in den Hosenbund und verließ rasch das Büro.

Der Zusammenhang des Artikels in der Zeitschrift mit den Belegen, die in meiner Wohnung lagen, versetzte mich so in Panik, dass ich mich einfach nicht traute, die Zeitschrift in der Öffentlichkeit herauszunehmen. Ich lief mehrere Straßen entlang, bis ich endlich eine ruhige, abgeschiedene Ecke fand. Mit dem Gesicht zur Wand nahm ich das Blatt und suchte den Artikel. Stets darauf bedacht, dass niemand sah, was ich in Händen hielt. Inzwischen sah ich schon in jedem Fremden einen Feind, jemanden, der mich zu etwas zwingen wollte oder mir Leid antun.

Ich konnte es einfach nicht glauben, was ich da las. Eines der Geschäfte lag genau in dem Ort, in dem sich der Weinkeller befand. Das konnte doch kein Zufall sein? Warum fuhr Marco früher zu diesem Laden? Es gab einfach nichts dort, was in irgendeinem Zusammenhang mit uns stand. Immerhin lag der Ort ja auch nicht gerade um die Ecke, sondern war nur mit dem Auto erreichbar, und dies brauchte mindestens eine Stunde Fahrzeit. Das war doch vollkommen idiotisch, wegen ein paar Lebensmitteln eine solche Strecke zu fahren. Wo der zweite lag, das interessierte mich einfach nicht mehr, denn ich war sicher, dass dieser Laden der Schlüssel zu all den Vorkommnissen war. Ich musste noch einmal zu diesem Keller. Denn inzwischen wurde mir klar, dass der Schreiber der Briefe bereits vorher wusste, dass ich genau diesen Ort aufsuchen würde. Irgendwie hing das alles mit Marco zusammen.

Bereits eine halbe Stunde später fand ich mich in einer ruhigen Gasse der Vorstadt wieder und suchte nach einem älteren Auto, das ich mir für einige Stunden kostenlos ausleihen konnte. Das Werkzeug befand sich noch immer in meiner Tasche, was mir den planlosen Autodiebstahl etwas erleichterte. Ich konnte und wollte nicht mehr warten. Ein passendes Fahrzeug war schnell gefunden. Ein alter Kombi, der schon eine ordentliche Staubschicht auf seinem Lack sein eigen nannte. Das Risiko, dass diesmal der Tank nicht voll war, musste ich einfach eingehen. Inzwischen war ich ja schon fast Profi und das Auto in weniger als zwei Minuten offen. Ich startete den Wagen, indem ich ihn kurzschloss, und ich lächelte, als ich die Tankanzeige sah. Manchmal hatte auch ich eine kleine Glückssträhne. Wenn die Anzeige stimmte, dann reichte der Sprit leicht für meinen Ausflug. Die Gehwege waren menschenleer, also konnte ich meine Reise in die Vergangenheit zum zweiten Mal antreten. Diesmal stieg ich ordentlich aufs Gas, denn ich wollte auf

keinen Fall Zeit verlieren. Mit etwas Glück erreichte ich den
Ort zu einer Zeit, wo der Laden noch geöffnet hatte.

19. Kishara, heute

Ungläubig schüttelte ich den Kopf. Das konnte doch alles nicht wahr sein! Immer wieder las ich die Zeilen in dem Buch. Egal, wie oft ich den Vorgang wiederholte, es blieben die gleichen Worte mit derselben Bedeutung. Kurz gesagt: Weigerte ich mich, den Anweisungen des Entführers zu folgen, bedeutete das meinen Tod. Die Frage war nur, warum sollte ich die Geschichte meines Lebens aufschreiben? Was bezweckte er damit? Völliger Schwachsinn. Dieser Mensch konnte nicht normal sein. So unbegreiflich es auch für mich erschien, ich würde seinen Anweisungen folgen müssen. Dass er es ernst meinte, darüber brauchte ich nicht lange nachzudenken. Der Umstand meiner Gefangenschaft reichte als Bestätigung vollkommen aus. Immer noch saß ich im Schneidersitz, das Buch auf den Beinen, und starrte die Zeilen an. Dann nahm ich zum ersten Mal den Stift in die Hand. Gut, ich konnte hier weiter sitzen und darüber nachdenken, ob das alles einen Sinn machte. Doch was brachte mir das? Kostbare Zeit verstrich, die ich besser nutzte, indem ich schrieb, so wie er es von mir erwartete. Ich legte meinen Zeigefinger auf das Blatt Papier, im Begriff umzublättern. Ich stoppte; noch ein letztes Mal wollte ich mir die Worte des Entführers durchlesen. Während ich alles durchlas, verharrte mein Blick beim letzten Satz. Was sollte das eigentlich bedeuten dieses: **Ach ja, ich hätte es fast vergessen. Damit du nicht mehr ganz so alleine bist, habe ich dir zwei Spielkameraden da gelassen. Du wirst sie sicher bald entdecken. Viel Spaß beim Schreiben!** Was oder wen meinte er damit? Zwei Spielkameraden? Sollte das ein Scherz sein? Lustig, wirklich lustig! Nur, mir blieb das Lachen im Halse stecken. Bis zu diesem Augenblick gab es nichts hier, was in irgendeiner Weise einem Scherz ähnelte. Es mochte ja meiner Aufmerksamkeit entgangen sein, trotzdem wäre mir doch aufgefallen, wenn sich noch etwas in meiner Umgebung verändert hätte, oder? Dennoch schaute ich mich nochmal prüfend um. Für einen kurzen Moment glaubte ich, etwas gesehen zu haben, das sich in der hinteren Ecke bewegte. Ich fixierte sie genau, jedoch war es mir nicht möglich, etwas Ungewöhnliches zu entdecken.

Was auch immer er mit „Spielkameraden" meinte, blieb mir vorerst ein Rätsel. Ich gab die Suche nach der Lösung auf und widmete meine Aufmerksamkeit aufs Neue dem Buch. Langsam blätterte ich um zur nächsten Seite. Gähnend leer lag sie vor mir und wartete darauf, mit meiner Geschichte gefüllt zu werden. Ich hatte absolut keine Ahnung, womit ich beginnen sollte. Meinem Namen, Alter, Beruf? Sicherlich nicht das, was von mir erwartet wurde. Immer noch hielt ich den Stift in der Hand, ohne dass ich ein einziges Wort auf dem leeren Blatt Papier zustande brachte. Unsagbar schwer fiel es mir, die Erlebnisse meiner Vergangenheit in Worte zu fassen, und ich kaute lustlos auf ihm herum. Egal, wie sehr ich es auch versuchte, es gelang mir nicht.

Bei meinen Bemühungen schweiften meine Gedanken ab. Plötzlich schoss es mir wie ein Geistesblitz durch den Kopf: *Der Entführer betrat diesen Keller immer nur, wenn ich schlief.* Ich sah und hörte ihn ja nie. Wie ein Gespenst tauchte er in meinem Verlies auf. Wie konnte er wissen, dass ich nicht wach war? Nur eine Antwort kam in Frage. Er beobachtete mich. Natürlich – Irgendwo gut versteckt gab es in diesem Raum eine Kamera. Die beste und unauffälligste Methode, alles zu beobachten, ohne entdeckt zu werden. So war das also. Mein Elend diente also zur seiner Belustigung. Wut stieg in mir hoch. Es musste ja echt klasse sein, sich anzuschauen, wie ich litt, mich quälte. Vielleicht saß mein Kerkermeister abends mit seinen Freunden zusammen. Gemeinsam tranken sie Bier und aßen Popcorn, fanden das, was sie sich anschauten, sehr erheiternd. Und jetzt sollte ich noch das zukünftige Drehbuch für die Fortsetzung schreiben? Einen Dreck würde ich tun. Oh nein, er kannte mich nicht. Dieser Mistkerl sollte nicht der Erste und auch nicht der Letzte sein, der sich in mir täuschte.

Mit voller Wucht warf ich das Buch weg von mir. Ebenso den Kugelschreiber. Beides flog weiter, als ich gedacht hatte und landete in der Ecke des Raumes. Zu der Wut, die ich fühlte, gesellte sich der Hass. Wer glaubte diese Person zu sein, mir zu befehlen, was ich zu tun hatte? Sie spielte ein Spiel und hatte keine Ahnung, dass sie niemals gewinnen konnte. Ich grinste und schaute an die Decke. Zwischen all den Steinen dort oben vermutete ich die Kamera und ein Mikrophon. Sicherlich brauchte dieses Schwein auch den Ton, um sich an meiner Qual zu erfreuen. Warum war ich nicht eher darauf gekommen? Wie dumm von mir! Mit meinem kläglichen Verhalten der letzten Stunden hatte ich genau nach seinen Wünschen gehandelt. Ich schwor mir, die Tränen und das Betteln um Gnade gehörten ab jetzt der Vergangenheit an. Diesen Gefallen würde ich ihm nicht mehr erweisen.

Völlig gefasst und mit ruhiger Stimme begann ich zu sprechen: „Du möchtest etwas aus meinem Leben erfahren? Sieh zu, dass du hier herunter und zu mir kommst. Gerne erzähle ich dir einiges davon. Aber einen Teufel werde ich tun, den Rotz aufzuschreiben. Wer bist du denn schon – ein Feigling, weiter nichts. Glaubst du, du kannst mir Angst machen? Nein, mir nicht! Spiel dein krankes Spiel mit jemand anderem!"

Ich wartete auf eine Reaktion, eine Antwort oder vielleicht sogar das Erscheinen meines Entführers. Doch nicht einmal ein Laut war zu hören, geschweige denn, dass jemand sich mir zeigte. Wieder begann es, in mir zu brodeln. Mit allen Mitteln versuchte ich, mich weiter unter Kontrolle zu halten. Zu oft hatte ich schon geweint, geschrien, hatte das perfekte Opfer seiner perversen Fantasie abgegeben. Ich wollte eiskalt bleiben, keine Schwäche zeigen – Ich konnte es nicht. So sehr ich auch versuchte, die Gefühle zu unterdrücken, so sehr kroch trotzdem flammender Zorn in mir hoch. Der Hass begann, meine Selbstkontrolle aufzufressen und stieg ins Unermessliche. Ich fing an, mich zu verändern. Ich, noch vor einer Minute die Gefasste und Starke, übernahm jetzt die Rolle der Wahnsinnigen. Als ob eine andere Person von meinem Körper Besitz ergriffen hätte, spürte ich nur noch den Wunsch nach Zerstörung. Wie eine Furie sprang ich vom Lager auf und rannte in meinem Gefängnis unkontrolliert hin und her. Ich wollte raus hier, und gleichzeitig überwältigte mich der Drang, jemanden zu verletzen. Wie von Sinnen schlug ich mit beiden Fäusten gegen die Wände. Selbst als meine Fingerknöchel anfingen zu bluten, machte ich weiter damit. Es interessierte mich kein Stück – ich spürte nichts. Das Blut lief mir die Arme herunter und tropfte auf den Boden. Zwar nahm ich es wahr, aber es ließ mich vollkommen kalt. Mein Handeln entsprach nicht mehr im Geringsten der menschlichen Logik. Fremd klang die Stimme in meinen Ohren, mit der ich mich selber kreischen hörte:

„Siehst du das, mir geht es gut! Du verdammtes Schwein! Du kannst mich nicht zerstören! Mich zwingen zu etwas, was ich nicht will? Das haben vor dir ganz andere versucht und dafür bezahlt. Du bist ein Nichts, hörst du mich, nur ein Nichts. Du hast keine Eier in der Hose, elender Schlappschwanz!"

Es war gefährlich, was ich tat. Ich forderte ihn regelrecht heraus, mich zu töten. Aber ich handelte ohne jegliche Vernunft, wie ein Hund, der an einer Kette dahinvegetierte. Irgendwann ließ sich der Freiheitsdrang und Zorn bei dem Tier nicht mehr unterdrücken. Genau das passierte jetzt mit mir. Immer weiter schrie ich in das Nichts hinein Worte, die keinen Sinn ergaben. Ich sah und hörte mich, und doch war ich außerstande, aufzuhören. Das Gegenteil war der Fall. Es reichte mir nicht mehr aus, meine Hände zu verletzen. Im monotonen Rhythmus begann ich, mit dem Kopf gegen die Mauer zu schlagen. Erst als meine Stimme anfing zu versagen, hörte ich damit auf. Mein Verstand kam zurück an die Oberfläche und ich registrierte, was ich tat. Begriff endlich wieder die Bedeutung von dem, was ich vor mich hinbrabbelte. Als ich das Wort „Soziopath" aus meinem Mund vernahm, legte sich augenblicklich ein Schalter in meinem Gehirn um. Ich verstummte und lehnte erschöpft meine Stirn an die Mauer. Tief atmete ich durch und genoss für einen Augenblick die Kühle der Mauersteine. Soziopath

– ja, ich erinnerte mich. Ich kannte diese Bezeichnung und die Definition dafür sehr gut. Ein Soziopath, ein Mensch, der kein Mitleid zeigte. Ohne Gefühl, kalt, gewalttätig, nur das eigene Ich war von Bedeutung. Gewissenslos ging er über Leichen seinem Ziel entgegen. Soziopath, oder wie meine Mutter es nannte, das geborene und perfektionierte Böse! Wieder stürzten Erinnerungen auf mich ein – Ich wehrte mich nicht dagegen, ließ sie zu. Bilder von Tamara, dem Pool, dem vielen Blut. Diesmal träumte ich nicht und versuchte, den Erinnerungen zu entfliehen – zwecklos. Ich konnte nicht aufwachen und einfach mit dem weitermachen, was ich zuvor getan hatte. Sie waren da und ließen sich nicht vertreiben. Die Zeit nach dem Unfall trat aus der Grauzone meines Verstandes hervor. Was war danach mit Tamara geschehen? Ich hob den Kopf und drehte mich um. Die Hände an der Wand abstützend, rutschte ich langsam runter auf den Fußboden. Dort kauerte ich mich hin und drückte meinen Rücken an die Mauer hinter mir. Die Hände legte ich auf meine Knie. Ich schaute sie an; obwohl sie blutverkrustet waren, spürte ich keine Schmerzen. Auch meinem Kopf ging es gut. Zwar fühlte ich mich erschöpft, doch es war ein gutes Gefühl. Mein Körper war das erste Mal seit langer Zeit vollkommen entspannt.

Ich nutzte diese Ruhepause, die mir geschenkt wurde, um nachzudenken. Wie war es nach dem Unfall gewesen? Die Tragödie, die aus einem Streich einer Achtjährigen an ihrer kleinen Schwester resultierte. Zwar ein grausamer, aber eben nur ein Streich. Ich bemühte mich, noch weitere Erinnerungen aus meinem Gehirn hervorzuholen. Es gelang mir nicht. Ich sah nur die gleichen Bilder vor mir, und sie endeten immer an der Stelle, wo auch der Traum sein Ende gefunden hatte. Dennoch, ich musste mich an die Zeit danach erinnern. Vielleicht war es doch keine schlechte Idee, alles aufzuschreiben. Es konnte mir eventuell helfen, die späteren Ereignisse wieder zum Vorschein zu bringen. Mein Blick wanderte über den Fußboden hin zu der Ecke, in die ich das Buch geworfen hatte. Aufgeklappt lag es dort. Ja, ich würde es holen, mich damit auf die Matratze setzen und schreiben. Sollte das Schwein ruhig denken, ich handle nach seinen Befehlen. Doch in Wahrheit schrieb ich, um das Ziel zu erreichen, ihm zu entkommen. Wunderbar, der Anfang eines neuen Planes schien gemacht zu sein. Ich liebte das Gefühl der Stärke, welches in mir aufstieg, und beinahe fröhlich stand ich auf. Mit großen Schritten lief ich zur Ecke hinüber. Dort angekommen bückte ich mich und nahm das Buch in meine Hand. Dann griff ich nach dem Kugelschreiber und stoppte im gleichen Moment; ich hatte das entdeckt, was er die „zwei Spielkameraden" nannte!

20. Pamina, fast noch eineinhalb Monate

Einsam war die Straße, die ich entlangraste. Dunkel von der bereits eingetretenen Finsternis der Nacht. Nur das Geräusch der Räder auf dem Asphalt hörte ich, gleichmäßig und monoton. Ich versuchte, mich abzulenken von der Müdigkeit, die mich langsam überrollte. Wieder gingen meine Gedanken zurück in die Vergangenheit, versuchten Vergessenes auszugraben. Doch es war wie eine Betonmauer, die sich vor meine Erinnerungen stellte. Meine letzten Erinnerungen waren die Ausflüge mit meinem Vater zu diesem Ort, zu diesem Weinkeller. Doch da war ich kein kleines Kind mehr, sondern sicher bereits mindestens acht oder neun Jahre alt. Was war davor? Warum fand ich keine Bilder in meinem Kopf?

Der Traum, meine Unfähigkeit, mich zu bewegen darin. Die Stimmen, die mir fremd waren, aber doch einen Klang hatten, der in mir irgendetwas weckte, das einfach nicht heraus konnte. Die Gesichter, die über mir schwebten und mich voller Tränen und Mitleid ansahen. Hoffnungslose Gesichter. Verabschiedende Gesichter. Wer waren diese Menschen, die mir vertraut waren, aber trotzdem unbekannt?

Doch, die Puppe. Die war das einzige Stück Erinnerung, dass ich wirklich und real kannte, denn diese Puppe befand sich in meinem Besitz. Unverständlich nur, wie dieses Spielzeug in meinen Traum kam und sich mit etwas vermischte, dass nicht ich sein konnte. Denn die Puppe brachte mir Marco. Er kam einige Tage vor seinem Verschwinden mit einem Geschenkkarton und überreichte mir diesen. Die Verpackung sah nach einem ausgesprochen wertvollen

Inhalt aus. In dem mit weißer Seide überzogenen Karton befand sich eine Unmenge Seidenpapier. Ich erwartete damals, dass sich in dieser schützenden Schicht ein wertvolles Schmuckstück oder etwas Zerbrechliches befand, aber unter all dem Seidenpapier kam eine sehr alte, sehr schmutzige und abgegriffene Puppe zum Vorschein. Ich nahm sie aus dem Karton, und sofort entzückte mich ihr Anblick. Ich mochte sie von der ersten Sekunde an. Marco lächelte, als er meine Freude über dieses Geschenk bemerkte, doch auf meine Frage, woher er diese Puppe habe und was für ein ungewöhnliches Geschenk diese sei, antwortete er nur, dass er sie auf einem Flohmarkt erstanden habe.

Ab diesem Tag war diese Puppe mein liebster Gegenstand. Unerklärlich, warum sie meine Aufmerksamkeit so auf sich zog, denn es war ja einfach nur ein altes Spielzeug eines unbekannten Kindes, das zur Aufbesserung des Taschengeldes den Weg auf einen Flohmarkt gefunden hatte. Und jetzt tauchte eben diese Puppe in meinen Träumen auf.

Die Versuche, mich zu erinnern, machten mich ein wenig wacher, und in der Ferne konnte ich die Straßenbeleuchtung des kleinen Ortes bereits erkennen. Jetzt hielt mich nichts mehr. Ich stieg aufs Gas, denn ich spürte, wie mir die Zeit davonlief und ich mich einfach sputen musste. Kurz vor der Ortseinfahrt verlangsamte ich das Tempo, denn das Risiko, von einer Radarfalle erwischt zu werden, wollte ich nicht eingehen. Der Ort war viel kleiner als in meiner Erinnerung – was mir bei meinem letzten Besuch nicht aufgefallen war. So konnte ich bereits nach wenigen Metern die erleuchteten Geschäfte des winzigen Hauptplatzes erkennen. Hier war auch der Feinkostladen zu finden. Kein schweres Unterfangen, denn hier hatten nur sieben Geschäfte ihr Zuhause gefunden. Jedoch für dieses winzige Nest mit höchstens zweihundert Einwohnern eine ziemlich beachtliche Zahl.

Doch leider kam ich zu spät. Der Rollladen des Geschäftes war schon heruntergezogen, obwohl das Licht im Laden noch voll eingeschaltet strahlte. Doch es half nichts; einen Kunden würde ich hier wohl nicht mehr antreffen. Schon gar nicht den, auf den ich hoffte.

Ich wendete den Wagen und fuhr zu dem Weinkeller meiner Kindheit. Vielleicht war es mir möglich, an diesem Ort meine Erinnerungen an eine frühere Zeit zu finden. Alles war ruhig und dunkel rund um den Keller. Selbst die Häuser, die ich von hier aus sehen konnte, waren unbeleuchtet. Das Auto stellte ich auf dem schmalen Feldweg ab und stieg aus. Es war so finster, dass ich die eigene Hand vor Augen kaum sah. Mit dem Handy leuchtete ich den Boden ab, damit ich auf meinem Fußweg zum Hügel des Kellers nicht strauchelte.

Tagsüber war mir der Weg nicht so steil und schlüpfrig vorgekommen. So nahm ich das Handy zwischen meine Zähne und krabbelte auf allen Vieren den Hügel hinauf. Ich kann nicht sagen, warum, aber die genaue Stelle, wo sich der Eingang an der Oberseite des Kellers befand, fand ich sofort wieder. Es war wie bei einem Magneten, der mich anzog. Ich setzte mich genau dort hin, hob meinen Blick zum wolkenverhangenen Himmel und wünschte mir meine Kleinkinderzeit zurück. Nur einen Gedanken, eine Situation. Doch es kamen einfach nur die Bilder aus meinem Traum.

Meine Unfähigkeit zu sprechen, mein Körper, der sich nicht bewegen konnte. Die Gesichter der hoffnungslosen Menschen, die mich anstarrten.

Es muss eine lange Zeit vergangen sein, bis ich mich wieder bewegte. Meine Glieder waren von dem kalten Boden schon ganz steif. Wie in Trance kletterte ich den Hügel wieder hinab zum Auto. Diesmal brauchte ich kein Licht, denn an die Dunkelheit hatte ich mich gewöhnt. Jetzt wusste ich, was ich zu tun hatte. Sicher befand sich Werkzeug im Kofferraum des Wagens. Zumindest wäre das üblich, denn bei alten Autos ist das eine Überlebenssache.

Das Glück war auf meiner Seite. Es fand sich mehr, als ich hoffte, an brauchbaren Gegenständen. Sogar ein zusammengelegter Spaten war vorhanden. Ein großer, schwerer Kreuzschlüssel und ein Wagenheber. Alles Dinge, die ich für mein Vorhaben gut gebrauchen konnte. So packte ich diese Schätze und machte mich erneut auf den Weg zum Weinkeller. Ich musste den Eingang öffnen. Musste in diesen Keller hinein. Immer mehr breitete sich dieser Zwang in mir aus. Fühlte, dass dort Antworten waren auf einige meiner Fragen.

Bereits der erste Spatenstich stieß auf einen harten Untergrund. Die Erde war weich und das Werkzeug glitt fast wie von selbst hinein. Schaufel um Schaufel befreite ich den Einstieg von der Last der Natur. Obwohl die Öffnung nicht sehr groß war – Ich schätzte sie auf ca. 1 x 1 Meter – rann mir innerhalb kürzester Zeit der Schweiß über den Rücken, denn die feuchte Erde wurde mit jedem Hub schwerer. Ich musste es einfach heute schaffen. Meine Muskeln waren extrem überanstrengt, der Schmerz zog immer heftiger, aber nichts konnte mich davon abhalten, den Deckel auszugraben. Die Lichtverhältnisse veränderten sich, doch ich grub weiter. Der Morgen löste die Nacht ab, jedoch ich grub weiter. Dann kniete ich mich auf den feuchten Boden und strich mit den bloßen Händen die letzten Reste der Erde weg. Der Eingang lag frei vor mir, und die hellen Strahlen der Sonne wurden vom silbrigen Schloss reflektiert. Ein großer metallener Ring war an der Falltür montiert und lud mich ein, den Eingang in das Reich der Vergangenheit zu öffnen.

21. Kishara, heute

Zwei Paar rote Augen starrten mich in der Dunkelheit an. Ich bewegte mich nicht einen Millimeter, sondern wartete ab, dass die Lebewesen, zu denen sie gehörten, aus ihr heraus traten. Sie waren klein und schienen ängstlich zu sein, denn es dauerte eine Weile, bis sie sich mir endlich zeigten. Vorsichtig, nachdem sie wohl begriffen hatten, dass ich keine Gefahr darstellte, kamen sie näher an mich heran. Ich lachte laut auf. Alles andere hatte ich erwartet, und ich konnte nicht glauben, was ich da vor mir sah. Im Lichtschein der Lampe, einige Meter vor mir auf dem Boden, hockten zwei possierliche weiße Ratten. Neugierig hielten sie ihre Nasen in die Luft und versuchten, meinen Geruch zu wittern. Wenn mein Peiniger vorgehabt hatte, mich zu erschrecken, dann war ihm das gründlich misslungen. Vielleicht hatte er doch nicht so genau in meinem Leben herumgewühlt. Die Tatsache, dass ich Tierärztin war, schien ihm entgangen zu sein. Wenn er es aber wusste, was ich stark annahm, sollte ihm klar sein, dass ich in keiner Weise Panik oder Ekelgefühle gegenüber diesen Nagetieren empfand. Durch mein berufliches Wissen kannte ich ihr Verhalten sehr genau. Ratten taten keiner Fliege etwas zuleide. Solange sie sich nicht in einer gefährlichen Situation befanden, legten sie eher noch ein sehr soziales Verhalten an den Tag. Viele meiner kleinen Patienten waren Ratten. Gehegt und gepflegt von ihren Besitzern. Häufig kamen diese in meine Praxis und hatten ihr Sorgenkind auf der Schulter. Nein, weiß Gott, ich war nicht eine der Frauen, die nun hysterisch schreiend flüchten würden. Ganz ehrlich, er inszenierte hier seinen eigenen kleinen Thriller mit mir als Hauptperson und war nicht schlau genug, diesen Fehler zu bemerken? Jeder Autor, der in seinem Buch eine Tierärztin fast vor Schreck beim Anblick der kleinen Biester in Ohnmacht fallen ließ, würde von der Kritik seiner Leser in der Luft zerrissen werden!

Mir fiel nichts anderes ein, als den Kopf über so viel Dummheit zu schütteln. Ich schnalzte mit der Zunge und versuchte, die Kleinen näher zu mir zu locken. Für einen Augenblick sah es so aus, als ob mir dies auch gelänge. Dann jedoch huschten sie zurück in die Ecke. Vorsichtig folgte ich ihnen. Ich hatte nicht vor, sie zu fangen, jedoch mich dort, soweit es in der Dunkelheit möglich war, umzusehen. Vielleicht gab es dort etwas Wichtiges für mich zu entdecken, etwas, das eine Erklärung liefern würde. Obwohl die Helligkeit der Lampe nicht ganz bis in die Ecke vordrang, gab sie mir doch die Möglichkeit, in dem restlichen schummrigen Lichtschein etwas zu erkennen. Dort standen ein gut gefülltes Schälchen mit Futter sowie eines mit Wasser. Versorgt mit allem, was sie benötigten zum Leben, waren die beiden also auch. Somit brauchte ich mir auch keine Gedanken zu machen, sie könnten mich irgendwann vor Hunger beißen. Eventuell stahlen sie einen kleinen Brocken von meinem Brot, aber das war ja wohl nicht als große Gefahr anzusehen. Die Ratten waren einfach nur niedlich, wie sie da so hockten und mich ängstlich musterten. Ihnen ging es besser als mir selbst und sie konnten von Glück sagen, dass sie nicht als Laborratten, wie die meisten ihrer Art, ihr Dasein fristeten. Ich freute mich über ihre Gesellschaft und nahm mir vor, später, wenn ich einige Zeilen geschrieben hatte, mich noch einmal mit ihnen zu beschäftigen. Wirklich süße „Spielkameraden", die jetzt mit mir in diesem Verlies lebten. Mit dem Buch und dem Kugelschreiber in der Hand ging ich zurück zu meinem Lager. Ich setzte mich auf die Matratze und schlug es auf. Diesmal beachtete ich das Geschriebene auf der ersten Seite kein bisschen. Es wurde Zeit, selber mit dem Schreiben zu beginnen. Den Plan, der sich in meinem Kopf festgesetzt hatte, in die Tat umzusetzen. Ich würde tun, was man mir befohlen hatte – schreiben. Doch nicht nur das hatte ich mir überlegt. Nach einer gewissen Zeit würde ich mich hinlegen und den Entführer im Glauben lassen, dass ich tief und fest schliefe. Ich wusste ja jetzt, dass ich immer dann Besuch bekam. Genau dieses Wissen konnte ich für mich nutzen. Schlau genug, nicht gleich auf die Person, die mich gefangen hielt, loszustürmen, ermöglichte sein Auftauchen mir jedoch, einen Blick auf ihn zu erhaschen. Wenn ich herausfand, wer derjenige war, der mir all dies zufügte, konnte ich mit der Planung meiner Flucht fortfahren. Mir würde bestimmt etwas einfallen.

Doch wie sollte ich jetzt mit der Geschichte beginnen? Schreiben: „Hallo, mein Name ist Kishara und ich bin eine Soziopathin?" Wäre das die Wahrheit oder eine Lüge? Selber sah ich mich ja nicht als eine verhaltensauffällige Person. Allerdings, ich erinnerte mich vage daran, dass meine Eltern es taten. Ich schob den unangenehmen Gedanken beiseite. Das, was sie damals dachten oder sagten, erschien mir jetzt und hier irrelevant. Meine Aufgabe bestand nicht darin, die Schlussfolgerungen anderer Leute aufzuschreiben, sondern nur, was in meinem Leben passiert war. Genau das würde ich zu Papier bringen. Ich nahm den Kugelschreiber und schrieb einfach drauflos. Dachte nicht wirklich darüber nach, was ich tat und brachte so die ersten Sätze ohne Probleme zustande. Schnell fand ich meinen Schreibrhythmus, und je mehr ich aufschrieb, umso leichter fiel es mir, die Bilder meines Traumes in Worte zu fassen. Obwohl ich es mir nicht eingestehen wollte, musste ich zugeben, dass mir das Schreiben guttat. Zwanzig Seiten des Buches füllten sich, ohne dass ich in meinem Gedächtnis wühlen musste, um die Vergangenheit wieder lebendig werden zu lassen. Die Zeit flog nur so dahin; jedenfalls kam es mir so vor.

Erst als ich zu dem Punkt in dem Traum gelangte, wo ich mich auf die Zeit ohne meine Geschwister freute, hielt ich inne und schaute von dem Buch auf. Wie ging es damals weiter? Doch ich wusste, was ich zu tun hatte, um die Erinnerungen fortzuführen. Das kleine Mädchen, das ich vor langer Zeit war, immer noch vor Augen, nutzte ich die Möglichkeit der Visualisierung. Diese Art der Rückführung, um Verdrängtes wieder hervorzulocken, hatte man bei mir in der Therapie angewendet. *Welche Therapie? Wieso glaubte ich, eine gemacht zu haben?* Der Patient musste sich einzelne Gegenstände aus seiner ehemaligen Umgebung vorstellen, um dann von Ihnen ausgehend die dazugehörigen Details der verdrängten Erlebnisse hervorzurufen.

22. Pamina, noch fast eineinhalb Monate

Ich fasste mit beiden Händen nach dem Ring und zog daran. Ich erinnerte mich, dass der Besitzer des Weinkellers niemals das Schloss versperrte. Dies aus dem einfachen Grund, dass er mehrmals die Schlüssel dafür verlor, wenn er schwer alkoholisiert mit dem Fahrrad nach Hause torkelte. Mit der Zeit wurde ihm der Schlosser zu teuer, und daher sperrte er einfach nicht mehr ab.

Ein wenig bewegte sich die Falltür, aber ganz bekam ich sie nicht auf. Die Scharniere waren ziemlich verrostet und klemmten fest. Die Tür war sehr schwer, und auf dem noch immer glitschigen Boden bekam ich nicht genug Halt, um mich ordentlich abzustützen. Ich wollte den Griff nicht mehr loslassen, wollte nicht, dass dieser geheime Ort sich vor mir verschloss. So hielt ich ihn weiter mit einer Hand, und mit der anderen griff ich nach dem Spaten, den ich in den Spalt zwischen Türe und Rahmen steckte. Nun musste ich eine fast akrobatische Leistung vollbringen. Mit einem Bein kniete ich am Boden, den Fuß des anderen platzierte ich auf dem Stiel des Spatens und drückte diesen fest nach unten. Es funktionierte. Durch die Hebelwirkung löste sich die Tür, und ein kräftiger Zug von mir genügte, dass ich sie aufklappen konnte. Dunkel und tief lag das Abenteuer meiner Kindheit nun vor mir und lockte mich hinab.

Automatisch griff ich nach unten und zog die Leiter aus der Verankerung. Wider Erwarten funktionierten die Rollen noch einwandfrei, und langsam senkte sich die Leiter an die richtige Position. Der Weinbauer, dem der Keller gehörte, war ein richtiger Bastler, und seine Konstruktion überdauerte wohl Jahrhunderte. An der Decke des Kellers waren Schienen mit Kugellagern befestigt. In diesen Schienen ruhte die Leiter. An der einen Seite der Leiter befanden sich Gegengewichte. So bewegte sie sich langsam nach unten, und wenn man sie wieder hochziehen wollte, dann bedurfte es nur einer ganz geringen Kraftanstrengung, um sie wieder in die Halterung zu befördern.

Vorsichtig setzte ich meinen Fuß auf die erste Stufe, verlagerte mein Gewicht darauf. Gut, sie hielt dem stand.

Nun hielt mich nichts mehr. Rasch stieg ich hinunter. Mir war es, als meine Füße den gestampften Erdboden berührten, wie das Eintauchen in meine Kindheit. Alles hier unten war mir vertraut. Jeden Winkel, jeden Ziegel der Wände konnte ich aus dem Gedächtnis beschreiben. Der sehr schwache Lichtschein, der durch die Türöffnung in der Decke hereinschien, reichte vollkommen aus.

Nichts war hier verändert worden. Der kleine Tisch an der Wand, darauf ein grauenvolles Plastiktischtuch mit Sommerblumenaufdruck. Einige umgedreht aufgestellte Gläser, vorbereitet, falls sich doch ein Opfer fand, das den sauren Wein hier kosten wollte. Ein leerer Weidenkorb, bedeckt mit einem rot-weiß karierten Deckchen und ein alter irdener Wasserkrug. Neben dem Tisch ein Holzstuhl, dem schon seit einer Ewigkeit ein Bein fehlte. Weiter hinten in dem Gewölbe befand sich ein mir besonders wertvoller Platz. Hier lag eine alte Matratze, aufgelegt auf Holzpfosten, damit die Feuchtigkeit nicht in das Gewebe eindringen konnte. Darauf eine Unmenge an Kissen mit Stickerei nach Bauernart und einige abgewetzte Decken. Alles Geschenke von benachbarten Bäuerinnen, damit ich mir hier ein kuscheliges

Nest einrichten konnte.

Ich setzte mich auf das Lager, lehnte meinen Rücken an die kühle Wand hinter mir. Ich war die Wächterin über diesen Raum. Nur ich wusste, dass es hier noch einen Eingang (oder Ausgang) gab. Denn die Wand hinter meinem Rücken, die sah zwar aus wie eine Wand, fühlte sich an wie eine Wand, aber es war keine echte gemauerte Wand. Immer wenn ich hier unten alleine war, weil mein Vater mit dem Weinbauern in dessen Haus auf einen Plausch war, arbeitete ich an meinem Geheimgang. In mühevoller Kleinarbeit kratzte ich mit einem Messer den Mörtel zwischen den Ziegelsteinen heraus. Es war eine mühsame Arbeit, und ich brauchte zwei ganze Sommer dazu. Das lag natürlich auch daran, dass mein Vater nicht täglich mit mir hierher fuhr. Im dritten Sommer dann hatte ich endlich Zeit, dass ich die Ziegel aus der Wand nehmen konnte. Vater und der Weinbauer waren gemeinsam auf einem Wiesenfest, und so blieben mir einige Stunden Zeit für mich alleine.

Es waren so wunderbare Gedanken an meine Kindheit, und sofort fühlte ich mich wieder zurückversetzt. Jetzt sah ich die Kindheitserinnerungen nicht mehr mit den Augen einer Erwachsenen, sondern mit denen eines Kindes.

Ich drehte mich um und kniete mich auf die Matratze. Unbedingt musste ich jetzt die Ziegel aus der Wand nehmen. Ausprobieren, ob mein Geheimgang noch da war.

Plötzlich hörte ich einen lauten Knall, und gleichzeitig erlosch der schwache Lichtschimmer, der durch die Luke kommen sollte. Es war stockfinster. Um mich herum nur noch absolute Schwärze.

Ich zuckte vor Schreck so zusammen, dass ich mit dem

Kopf heftig an die Wand schlug. Ein starker Schmerz durch-
zuckte mich, und wie in einem Traum tauchten auf einmal
Erinnerungen an eine lang vergessene Zeit auf.

23. Kishara, heute

Ich schloss die Augen und stellte mir mein Kinderzimmer bildlich vor. Sah mein Bett, weich und einladend mit seinem wunderschönen Himmel. Das kleine, weiße Nachtschränkchen mit meiner Lampe, in der sich, wenn sie eingeschaltet war, Einhörner drehten und Schatten an die Wand warfen. Der rosarote, flauschige Teppich mit meinen kleinen Hausschuhen, die aussahen wie niedliche Hasen. Alles so winzig und hübsch. Aber das Beste von allem war mein Lieblingsspielzeug. Groß, fast so groß wie ich; als ich acht Jahre alt war, stand es da – mein Puppenhaus. Mein Ein und Alles. Wie oft spielte ich das, was ich erlebte, mit den winzigen Puppen in ihrem Zuhause nach. Auch gab es einen Garten vor dem Haus. Ebenso einen Swimmingpool, der genau so aussah wie unserer. Alles war nach dem Vorbild von unserem Haus nachgebaut worden. Jedes kleinste Detail fand sich in dem Puppenhaus wieder. Vater hatte es kurz nach meiner Geburt bei einem Tischler in Auftrag gegeben, und dieser hatte es genau so gebaut. Selbst die Kissen und die Fenstervorhänge, die seine Frau genäht hatte, glichen unseren bis aufs Haar. Nur die Puppen, sie ähnelten uns nicht. Aber sie dienten mir, um unsere Familie nachzuspielen.

Während ich mir all das vor Augen führte, kamen Stück für Stück auch andere Bilder von dem, was einmal gewesen war, zurück. Ich, die Achtjährige, wie sie aufsteht und genau zu diesem Puppenhaus läuft, sich hinkniet, eine von den Puppen nimmt und sie in den Pool wirft. Wie sie den Puppenvater sie rausholen lässt und ihn dann wie Müll wegschmeißt. Ich konnte dieses achtjährige Mädchen sehen, wie sie mit hasserfülltem Blick die Puppe anstarrt. Langsam, wie im Zeitlupentempo, die Arme, die Beine und zum Schluss den Kopf abreißt. Erst dann schaut dieses Mädchen, das meinen Namen trägt, befriedigt auf und lässt die Puppe fallen.

Ich erschrak, unfähig zu akzeptieren, dass ich dieses Mädchen war. Im gleichen Moment überflutete mich alles, was ich so gerne für immer vergessen hätte. Gnadenlos begann sich der Film in meinem Verstand abzuspulen. Erinnerungen, die erst zaghaft kamen, fügten sich jetzt zu einem immer größer werdenden Puzzle zusammen. Mein Stift, den ich in der Hand hielt, fuhr mit rasender Geschwindigkeit über das Papier. Ich war nur das Werkzeug, das ihn führte. Ohne Erbarmen zeigte er mir, was nach dem Unfall geschah. Ja, es stimmte: Nicht wirklich glücklich darüber, dass Tamara noch lebte, hoffte ich, dass es zumindest eine Zukunft ohne sie gab. Doch ich durfte dies meinen Eltern nicht zeigen. Zu viel war schon ans Licht gekommen dadurch, dass mein Vater anscheinend alles beobachtet hatte. Und ja, ich war dieses Kind, das mit seinem Puppenhaus spielte, gewesen. Meine einzige Chance, noch etwas gerade zu biegen, bestand darin, so zu tun, als ob auch ich unter dem Unfall von Tamara leiden würde. Warum durfte ich nicht zeigen, was ich wirklich empfand? Sie konnten doch froh sein, endlich wieder nur mich als einzige Tochter zu haben. Ich war das Goldstück; sie kapierten es anscheinend nur nicht. An diesem Tag stand ich von meinem Bett auf und ging zu dem Puppenhaus rüber. Ich tat genau das mit den Figuren, was sich mir vorher durch die Visualisierung offenbart hatte. Es fühlte sich sehr gut an, diese Puppe, die für mich Tamara darstellte, zu zerstören. Was für eine Erleichterung, sie vor meinen Füßen, nur noch ein Ding, das aus einzelnen Teilen bestand, zu sehen. Schade, dass es nur eine Puppe war. Trotzdem zufrieden, lief ich hinüber zu meinem kleinen Schminktisch. Ich setzte mich auf den davorstehenden Hocker und schaute nachdenklich in den Spiegel vor mir. Nein, ich sah weiß Gott nicht aus, als ob ich am Boden zerstört sei. So durfte ich meinen Eltern nicht gegenübertreten. Es war Zeit zu üben. Ein Gesicht voller Schmerz durch den Verlust, den ich erlitten hatte, einzustudieren. Und ich war gut darin. Es fiel mir überhaupt nicht schwer, in Tränen auszubrechen. Brauchte ich mir doch nur vorzustellen, Tamara würde zurückkommen, und meine Eltern liebten nur noch sie. Alles würde sie bekommen, und für mich blieb nichts übrig. Wie Schleusen öffneten sich meine Augen und die Tränen strömten über mein Gesicht. Ich schluchzte laut und stürzte die Treppe runter, in der Annahme, mein Vater wäre unten und würde sehen, wie ich litt. Doch niemand war dort, Stille herrschte im gesamten Haus. Einfach fortgegangen, ohne mir etwas zu sagen, ließ er mich allein zurück. Zwar dachte ich mir, dass er zum Krankenhaus gefahren war, aber warum hatte er mich nicht mitgenommen, nicht einmal nach mir geschaut? Ratlos stand ich in unserem Flur; das konnte und durfte nicht sein. Natürlich war er wütend auf mich, aber diese Reaktion entsprach absolut nicht meinen Erwartungen. Wie sollte ich mich jetzt verhalten? Auch, wenn ich mit acht Jahren schon ein sehr schlaues Mädchen war, in diesem Punkt fühlte ich mich einfach nur überfordert. Mein Plan, ihm zu zeigen, wie ich litt und wie leid es mir tat, schien hiermit vorerst gescheitert. Ich setzte mich auf unsere Treppe, die von den Zimmern oben in den Flur führte, und dachte nach. Meine Eltern würden nie, egal was ich auch getan hatte, mich unbeaufsichtigt in diesem Hause zurücklassen. Es sei denn, etwas ganz Schlimmes war passiert. Etwas wie der Tod von Tamara. Genau, das musste es sein! Mein Gott, wie dumm ich war, die Lösung und zudem das Beste, was mir passieren konnte, nicht zu sehen. Fröhlich stand ich von der Treppe auf und bemerkte nebenbei, dass ich riesengroßen Appetit auf etwas Süßes hatte. Mutter versteckte doch immer etwas in unserem Küchenschrank. Pfeifend lief ich in die Küche und nahm mir eine Tafel Schokolade aus dem Schrank. Sicherlich blieb mir genug Zeit, sie zu in aller Ruhe zu essen. Während ich auf ihre Rückkehr wartete, konnte ich sie in meinem Zimmer bei einem meiner Lieblingsbücher genießen. Aber bevor ich das tat, steuerte ich ein anderes Ziel an. Nikolai! Es wäre eine gute Idee, nachzuschauen, ob meine Eltern auch ihn hier zurückgelassen hatten. Wie leicht mir doch auf einmal alles erschien …

Ich stoppte mein Schreiben und legte den Stift zur Seite. So viel hatte ich seit langer Zeit nicht mehr geschrieben. Meine Hand begann mittlerweile, von der ungewohnten Tätigkeit zu schmerzen. Ich sah mir die Blätter des Buches an. Seite um Seite hatten sie sich mit meiner Geschichte gefüllt. Doch die Schrift erschien mir fremd. Eigentlich hatte ich eine schöne, geschwungene, nach links gerichtete Handschrift. Aber diese hier war krakelig, wirkte hart und ging kreuz und quer. So als ob jemand anderes das geschrieben hätte. Was ich fühlte? Keine Traurigkeit oder Entsetzen über das Kind, welches ich einmal gewesen war. Nichts dergleichen. Vollkommen egal, ob es richtig oder falsch gehandelt hatte. Das Einzige, was mich interessierte, war, wie es weiterging. Mit den Blicken suchte ich den Keller nach meinen neuen Freunden ab. Sie waren immer noch nicht aus ihrem Versteck hervorgekommen. Doch sie würden mich hören. Meine Stimme durchbrach die Stille, die mich umgab, als ich sagte: „Was kann ich für den Fehler meiner Eltern, dass sie unbedingt eine zweite Tochter haben mussten. Ihre Dummheit zu glauben, etwas Besseres als mich zu bekommen, trägt die wirkliche Schuld an dem, was passiert ist. Dass ich dafür zahlen musste, war doch nicht fair, oder? Na, meine süßen Kleinen, was meint ihr dazu?"

24. Pamina, noch fast eineinhalb Monate

„Nein! Nicht! Gebt mich nicht weg wie ein altes Spielzeug, das nicht mehr gebraucht wird!"

Ich schrie die Worte, die keiner hören konnte, ich wehrte mich mit all meiner Kraft, ohne dass sich auch nur irgendein Teil meines Körpers bewegte. Regungslos lag ich auf der Liege, die von zwei Männern in ein riesiges, weißgestrichenes Gebäude geschoben wurde. Meine Augen flehten nach Hilfe, aber niemand sah mich an. Ich wollte nicht hierher. Was sollte ich hier, an einem Ort, den sie alle „Sanatorium" nannten? Angeblich hätte ich hier alle Betreuung, die ich brauche. Aber ich wollte das nicht; ich wollte die Menschen um mich haben, die ich kannte. Die Schritte hören, die ich zuordnen konnte, die Stimmen hören, die ich verstehen konnte. Warum versuchten sie nicht einfach, mich zu verstehen? Ich konnte doch mit meinen Blicken sprechen. Sie müssten nur lernen, mich anzusehen. Aber sie wollten nicht mehr, hatten keine Kraft mehr. Sie kamen mit meinem toten Körper und dem lebendigen Geist nicht zurecht.

„Es kann ihr dort geholfen werden; vielleicht finden sie einen Weg, der ihren Körper wieder leben lässt". Die Stimme des Mannes sagte dies, als er zum letzten Mal in seinem Leben meine Hand auf die seine legte und mit der anderen darüber streichelte.

„Aber es ist ein Sanatorium, wo sie Versuche an Menschen machen!", konterte die Frau.

„Das ist nicht bewiesen! Aber ich weiß von hoffnungslosen Fällen, die nach einigen Jahren dieses Institut verließen und ein völlig normales Leben führen konnten".

„Das stimmt, aber diese Menschen konnten sich an nichts mehr aus ihrer Vergangenheit erinnern. Weder an Orte noch an Menschen! Sie wird uns vergessen dort. Nicht einmal ihren Namen wird sie wissen. Es wird sämtliche Vergangenheit gelöscht, damit die Patienten sich nicht an die schmerzhaften Therapien erinnern".

„Und doch, es ist ihre einzige Chance. So sehr es schmerzt, dass wir unser Kind weggeben müssen. Es geht einfach nicht anders. Oder möchtest du sie so aufwachsen sehen? Bewegungslos, sprachlos, willenlos?"

Den Ausgang dieses Gespräches konnte ich nicht mehr hören, denn meine Liege verschwand mit mir hinter den automatischen Glastüren, und diese schlossen sich. Hier war ich also.

Wieder und immer wieder versuchte ich, mich aufzubäumen, wild zu gestikulieren und zu schreien, dass ich dieses Haus hier nicht mochte, dass ich zurück wollte, zu meinem Zuhause, zu meinen Eltern, zu meinen Menschen! Doch mein Körper reagierte nicht, lag regungslos auf dieser Liege, die erbarmungslos weitergeschoben wurde. Für andere waren nur die Tränen zu erkennen, die langsam über mein Gesicht kullerten und auf die Liege tropften. Doch in meinem Inneren, da tobte ein Kampf.

Schwer geschockt über die plötzlich auftauchenden Erinnerungen richte ich mich auf und starre in die Dunkelheit. Meine Gedanken spielen Karussell. So vieles aus meiner Kleinkinderzeit prasselt auf mich nieder. Liebevolle, wunderbare Bilder und grauenhafte Erlebnisse. Blitzartig wechseln die Frequenzen. Ein sonnendurchfluteter Wintergarten,

meine Mutter, die mich lächelnd auf den Arm nimmt. Kishara, meine Schwester, die ihre Kinderhände um meinen Hals legt und zudrückt – so lange, bis ich blau anlaufe – dann lässt sie los und geht singend weg. Meine Puppe auf der rosaroten Kuscheldecke. Kishara, die mein Bett mit Juckpulver einreibt. Vaters liebevolle Worte ...
Ich laufe über den feuchten Rasen, meine kleinen fetten Babybeinchen sind noch wackelig, aber ich will es können. Kishara spielt mit mir! Sie lächelt so herzlich. Hat meine Puppe in ihrer Hand und will, dass ich zu ihr komme! Schneller, immer schneller bewegen sich die kleinen dicken Beinchen. Dann macht sie eine rasche Bewegung und die Puppe fliegt. Ich laufe weiter, laufe, und auf einmal treffen meine Füße den Boden nicht mehr.

Flash!

Ein grelles Licht blendete plötzlich in den Raum. Etwas Verschnörkeltes, an der gegenüberliegenden Wand. Nur langsam gewöhnten sich meine Augen an die Helligkeit. Es war ein Wort. Noch immer konnte ich die leuchtenden Buchstaben nicht entziffern, dann hörte ich die Stimme, eine mir sehr bekannte Stimme. Laut dröhnte das Wort durch den Keller, ein Name:

„TAMARA!"

25. Kishara, heute

Ich ertappte mich dabei, wie ich angestrengt in die Stille hinein horchte. Ungläubig über mein Verhalten lachte ich laut auf. Was glaubte ich, hören zu können? Eine Antwort auf meine Frage von meinen beiden Zellengenossen? Tick-tack, die Uhr des normalen menschlichen Verstandes schien in mir langsam abzulaufen. Wie nannte jemand, der nicht in dieser Lage steckte, mein Verhalten? Dem Wahn-sinn nahe? Ich empfand es befremdlich und gleichzeitig doch sinnvoll. Ich lernte, mich mit der Situation zu arrangie-ren und das Beste aus ihr zu machen. Eines meiner Verhal-tensmuster, die ich schon seit meiner Kindheit bravourös beherrschte. Warum sollte ich nicht etwas Verrücktes an-stellen, um mich selber zum Lachen zu bringen? Lachen sorgte dafür, dass Endorphine ausgeschüttet wurden und dadurch ein allgemeines Hochgefühl entstand. Genau das brauchte ich doch, um den Überlebenswillen zu behalten. Daddy wäre stolz auf mich, ganz bestimmt. Seine kleine, schlaue Prinzessin kannte mal wieder die Lösung für das Problem.

Leises Rascheln, hörbar aus der Ecke, zog die Aufmerksam-keit weg von meinen Gedanken und ließ meinen Blick zu der Ecke hinüberschweifen. Eine der beiden Ratten, schein-bar angelockt durch das Lachen, hatte sich hervorgetraut und war nun im Lichtschein sichtbar. Neugierig streckte sie ihr Näschen in die Luft und nahm die Witterung auf. „Hast du Langeweile, meine Kleine? Komm ruhig ein wenig nä-her. Du bist ein süßes, possierliches Ding und brauchst keine Angst vor mir zu haben. Wärst du ein Mensch, sähe das wahrscheinlich anders aus." Warum sagte ich das? Worte ohne Sinn und Verstand, die ich vor mich hinplapperte. „Blödsinn, so ein verdammter Blödsinn!" Ich tickte doch wirklich nicht mehr ganz richtig. Die Ratte, erschreckt durch den lauten Tonfall, huschte zurück in die Ecke. Nicht einmal sie, ein Tier, vor dem sich die meisten ekelten, wollte ihre Zeit mit mir verbringen. Eine Reaktion, die mir sehr bekannt vorkam. Meine Eltern verhielten sich früher wie diese Ratte. Sobald ich versuchte, ihnen nahezukommen, reagierten beide verschreckt, ertappt, ängstlich und vermieden es, sich in meiner Nähe aufzuhalten. Die Nähe eines kleinen Kindes, ihres Kindes. Als ob die Reinkarnation des Bösen in meiner Gestalt bei ihnen lebte.

Ich hatte das Interesse an meinen vierbeinigen Freunden verloren. Sinnlos, ihnen weiter Aufmerksamkeit zu widmen. Außerdem lenkte mich das quälende Jucken an den Beinen ab. Auch hatte eine Unruhe meinen Körper in Besitz genommen, die ich mir am Anfang nicht erklären konnte. Natürlich, der Dreck um mich herum, eventuell Ungeziefer konnten ein Auslöser für den Juckreiz sein, doch das erklärte nicht diese Nervosität, die es mir immer schwerer machte, klare Gedanken zu fassen. So dauerte es auch eine längere Zeit, bis ich mir selber eine Antwort auf das Warum gab. Meine Tabletten! Es musste schon viele Stunden her sein, das ich die letzte genommen hatte, und die Wirkung begann, nachzulassen. In einem Satz zusammengefasst, die ersten Entzugserscheinungen setzten ein. Seit ewigen Zeiten nahm das Schlucken der kleinen bunten Pillen genauso einen Platz in meinem Leben ein wie das Aufstehen am Morgen und das Schlafengehen in der Nacht. Vielleicht würde ein anders denkender Mensch in Erwartung auf das eigene bevorstehende, nicht einzuordnende Verhalten Furcht verspüren, ich aber tat das nicht. Im Gegenteil, ich gab dem Ganzen einen Namen: „Projekt zum Erkennen der eigenen Persönlichkeit ohne Beeinflussung durch irgendwelche fremde Substanzen."

Wieder lachte ich laut auf, und während ich die Beine blutig kratzte, fühlte ich fast so etwas wie Vorfreude auf das, was mir bevorstand. Doch bis dahin blieb sicher noch etwas Zeit, weiterzuschreiben. Langsam bereitete es mir immer mehr Freude, in der Vergangenheit zu wühlen. Jedes Wort, das ich zu Papier brachte, stellte eine Offenbarung für mich dar. Zu sehen, dass ich bereits als Kind etwas sehr Außergewöhnliches war, gefiel mir. Ein Mädchen, das mich jetzt in meinem Gefängnis über alle Maßen faszinierte und gleichzeitig das Unverständnis hervorrief, weshalb ich diese Erinnerungen so lange verdrängt hatte. Es wurde Zeit, Kishara noch ein bisschen besser kennenzulernen, und, naja, ich hatte doch sowieso nichts anders zu tun. Also fuhr ich fort, all die kleinen Bilder in meinem Kopf in dem Buch zu verewigen.

Wo war ich stehengeblieben? Ach ja, Nikolai. Der liebe, süße, kleine Nikolai ... Der Thronanwärter unserer Firma, der nichts als eine armselige Enttäuschung darstellte. Kichernd ließ ich den Stift kreuz und quer über das Papier wandern. Wen interessierte es schon, dass ich nicht ordentlich und brav in gleichbleibenden Linien schrieb.

Nachdem Tamara fort war und nur noch ich und Nikolai übrigblieben, fiel die Wahl des Lieblingskindes meiner Eltern auf ihn. Er sollte den Platz meiner großartigen, doch leider nicht mehr anwesenden Schwester einnehmen. Irrtum, ein ganz großer Irrtum. Ich hörte auf zu schreiben und strich die letzten Sätze durch. Viel zu viel hatte ich übersprungen. All die wichtigen Details ausgelassen, um das Rätsel, was der Grund für meine Inhaftierung in diesem Drecksloch sein könnte, zu lösen. In Gedanken spulte ich den Film in meinem Kopf bis zu dem Zeitpunkt, an dem Nikolai und ich uns alleine im Haus aufhielten, zurück. Ja, nicht nur ich war zurückgelassen worden. Meinem Bruder erging es ebenso. Das Geschrei, das aus dem Zimmer meines Bruders ertönte und definitiv von ihm stammte, gab mir die Gewissheit, dass mein Vater auch ihn nicht mitgenommen hatte. Die Anstrengung, leise die Treppe hochzuschleichen, um ihn nicht zu wecken, konnte ich mir ersparen. Nichtsdestotrotz ließ ich mir Zeit, diesen Augenblick des Gefühls von Macht über ihn zu genießen. „Schrei Du nur, vielleicht erstickst du an deinen eigenen Tränen", murmelte ich leise und ging erstmal in mein Zimmer. Mein Plan, die Schokolade auf das Bett zu legen, um später dann meine Freude an ihr zu haben, scheiterte in der Minute, als ich sie aus den Händen legen wollte. Dieses glitzernde Papier, in dem sie eingewickelt darauf wartete, gegessen zu werden, schimmerte verheißungsvoll. Sehnsüchtig schaute ich die Leckerei an und konnte nicht widerstehen, ein Stück abzubrechen und es mir genussvoll in den Mund zu schieben. Selbst jetzt, als Erwachsene, konnte ich noch spüren, wie gut sie damals schmeckte. Eine süße, cremige Belohnung, die sich langsam im Mund verteilte und dann die Kehle herunterlief. Genießerisch schloss ich die Augen, mit dem Versuch, diesen ganz besonderen Moment festzuhalten. Damals wie heute misslang es mir. In der Gegenwart sorgten das Knurren meines Magens und in der Vergangenheit das Geplärre meines Bruders dafür.

Hunger war schon eine teuflische Sache, und er lenkte mich vom Schreiben ab. So griff ich, ohne zu zögern, nach der zweiten Hälfte der Brotscheibe. Lustlos kaute ich daran herum. Zwar besänftigte sie meinen Magen, aber mit Schokolade war dieses trockene Stück Nahrung wirklich nicht zu vergleichen. Der Gedanke, das Essen einzuteilen, um mein Überleben zu sichern, hatte meinen Verstand vollkommen verlassen. Dafür breitete sich immer mehr ein Gefühl der Gleichgültigkeit aus und die Überzeugung, dass es schon irgendwie weitergehen würde.

An dem Tag von Tamaras Unfall gab es auch eine Überzeugung, allerdings keine Gleichgültigkeit. Um mir den Herzenswunsch zu erfüllen, die alleinige Aufmerksamkeit meiner Eltern oder, besser gesagt, die meines Vaters zu besitzen, gab es nur die Option, außergewöhnliche Wege zu gehen. Ein Umkehren kam nicht in Frage, denn die ersten Schritte hatte ich schon bei dem kleinen Spiel, das ich mit Tamara gespielt hatte, gemacht. Jetzt gab es nur noch Nikolai, der mir die Liebe meines Vaters stahl. Unglaublich, ein kleines Lebewesen, zu nichts zu gebrauchen, bekam ein Stück des Kuchens, der nur mir alleine zustand! Nochmal griff ich nach einem weiteren Stück der Schokolade. Doch ich stoppte, so sehr mich auch der Gedanke an ihren herrlichen Geschmack lockte; sie musste warten. Das, was ich zu erledigen hatte, duldete keinen erneuten Zeitaufschub. Schrill drang immer noch das Weinen von Nikolai an mein Ohr, und es machte mich aggressiv und wütend.

Konnte er nicht endlich den Mund halten?

Mit schnellen Schritten verließ ich das Zimmer und trat auf den Flur hinaus. Nur ein paar Meter trennten mich von Nikolai. Keine fünf Schritte und ich öffnete die Tür zu seinem Reich. Sein Weinen, das mir lauter als zuvor entgegenschlug, marterte mein Nervenkostüm. Auch dieses Blau, das mich, als ich sein Zimmer betrat, umgab, beruhigte mich nicht im Geringsten. Ein hellblauer Schrank, ein hellblauer Tisch, der kleine Stuhl, der Teppich und auch die Vorhänge am Fenster, alles strahlte in Himmelblau. Ich hasste diese Farbe. Sie tat mir in den Augen weh. Auf Zehenspitzen trat ich näher an sein Bett heran. Ich musste mich ein wenig recken, um über das Gitter des Bettchens zu schauen. Da lag es, das Ding, das sich mein Bruder nannte, schreiend in seinen Kissen. Was liebten unsere Eltern nur an ihm? Ein rundes, rotglühendes Gesicht mit weit aufgerissenem Mund, kleine dicke Finger, die nach mir griffen. Ein Anblick, den ich in keiner Weise als anziehend oder niedlich empfand. Ein scharfer, ekliger Geruch schlug mir entgegen, und angewidert fuhr ich zurück. Nicht mal fähig, aufs Töpfchen zu gehen, hatte Nikolai sich wieder in die Hose gemacht. Die Stimme in meinem Kopf, die mir riet, dieses Zimmer zu verlassen und zurück zu der Schokolade zu gehen, die immer noch einladend in meinem Zimmer auf mich wartete, klang sehr verlockend. Aber würde das etwas an der derzeitigen Situation ändern? War nicht gerade jetzt der genau richtige Augenblick gekommen, um alles neu zu gestalten? Suchend schweifte mein Blick durch den Raum und fiel auf das Kissen, das gegenüber von mir auf einem kleinen Hocker lag. Es wäre perfekt für mein Vorhaben.

Ohne lange zu fackeln, bereit, meine Gedanken in die Tat umzusetzen, lief ich zu dem Stuhl. Gut fühlte sich das Kissen in den Händen an. So flauschig und weich. Es nahe an den Körper gedrückt, begab ich mich zurück zu Nikolai. Alles perfekt, genau so, wie es sein musste. Das Schicksal meinte es gut mit mir. Natürlich ahnte ich, dass unsere Eltern traurig über Nikolais Tod sein würden, zumal sie ja gerade Tamara verloren hatten. Doch die Zeit heilt alle Wunden. Das Verständnis über mein Handeln würde nicht lange auf sich warten lassen. Wie sagte Mutter immer so schön? Kishara, räume dein Zimmer auf, dann freut sich der liebe Gott. Und genau das tat ich jetzt – aufräumen! Zwar nicht mein Zimmer, aber etwas weitaus Wichtigeres: unser Leben. Ich machte dem Herrgott und meinen Eltern eine Freude. Das Überflüssige entsorgte ich und das Wichtige, nämlich ich selber, blieb. Ich kletterte auf den Stuhl, das Kissen in der Hand, und lehnte den Oberkörper über die Gitterstäbe. Weitaus leichter erschien es mir, nahe an meinen Bruder heranzukommen. Ich hielt das Kissen über sein Gesicht und sagte leise: „Schlaf schön und grüß mir den Himmel."
Diese Erregung, die ich fühlte, während ich es langsam auf sein Gesicht drückte, erfüllte mich mit Leben. Ein kostbarer Moment, in dem mir nichts gleichgültig war. Bald, sehr bald brauchte niemand mehr Nikolai tagtäglich anzuschauen. Ich machte mir keine Sorgen, dass jemand mir die Schuld an seinem Tod gab. Meine Eltern würden dafür büßen müssen, insbesondere Mutter. Man ließ seine Kinder doch nicht unbeaufsichtigt. Die Liebe meines Vaters gehörte der einzigen Person, der sie zustand – mir. Abrupt stoppte ich und nahm das Kissen wieder von Nikolais Gesicht. Mir war ein

Fehler, ein sehr großer Fehler in dem Plan aufgefallen. Das naive Denken, ein Kind könnte zu etwas wie einem Mord nicht fähig sein, besaßen vielleicht Fremde oder im besten Fall meine Mutter. Allerdings nicht mein Vater. Wie konnte ich annehmen, an einem einzigen Tag alle Probleme beseitigen zu können? Vater hatte doch beobachtet, was am Pool passiert war. In Gedanken gratulierte ich mir selber dafür, dass mir der Denkfehler noch früh genug auffiel: „Nochmal Glück gehabt, du bist wirklich ein schlaues Mädchen, Kishara. Geduld, du musst nur Geduld haben. Ein paar Monate, vielleicht Wochen oder mit ein wenig Glück nur Tage, dann ...“
Meine Gedanken wurden urplötzlich unterbrochen, denn die Tür hinter mir öffnete sich mit einem Knarren. Erschrocken das Kissen immer noch in der Hand haltend, fuhr ich herum – unsere Nanny stand an der Tür.

26. Pamina, noch ein Monat und eine Woche

„Tamara"

Mir ging dieser Name einfach nicht mehr aus dem Kopf. So sehr war er mir vertraut, so sehr gehörte er zu mir. Nicht so fremd wie mein eigener. Denn niemals fühlte ich mich wie eine „Pamina".

Meine Finger griffen einen Ziegelstein nach dem anderen und zogen ihn aus der Mauer. Eine leichte Arbeit, da dahinter die Freiheit lockte. Mit jedem Stein, den ich aus seiner Gefangenschaft befreite, löste ich mich selbst mehr aus dieser. Die gefestigte Erde der vielen Jahre, die sich hinter der Wand befand, kam immer mehr zum Vorschein.

Wie viel Zeit vergangen war, bis ich realisierte, dass ich in meiner Erinnerung eingesperrt wurde! Der leuchtende Name und auch die gesprochenen Worte verschwanden irgendwann in der Dunkelheit. Ich saß einfach nur da und starrte in die Finsternis. Lange, sehr lange. Paralysiert von der Veränderung, die mich wie ein Hammerschlag traf. Ich war nicht Pamina. Das war nur ein Pseudonym. Ein Versteck vor der Wirklichkeit.

Nicht die geringste Lichtquelle war vorhanden. Doch der Körper und seine Sinne übernehmen die Arbeit des Fehlenden. Mit der Zeit fühlte ich die Umgebung. Wusste, in welcher Entfernung sich Gegenstände befanden. Ich tastete die Wände rundherum ab, übernahm die Ortung mit meinen Fingern. Fast konnte ich alles sehen, aber eben nicht als Bild mit den Augen, sondern in einer Art Landkarte in meinem Kopf. Immer mehr vervollständigte ich die Karte. Ging den Raum mehrmals ab, tastete jeden Millimeter ab, um ihn zu übertragen.

Der Zorn und die Wut trieben mich an. Verzweiflung oder Panik konnten nicht aufkommen. Denn ich war ausgesetzt worden. Abgeschoben wie ein lästiges Anhängsel. Verschenkt, an ein Versuchslabor für skrupellose Ärzte, die sich an wehrlosen Menschen profilieren wollten. Es war meinen Eltern und meinen Geschwistern egal, ob ich Schmerzen litt, ob ich diese Versuche überleben würde oder nicht. Niemals bemerkten sie, dass ich alles hören konnte, was sie sagten. Dass ich dachte wie ein ganz normaler Mensch, dass ich fühlte und litt, so wie sie selbst auch.

Die bösen Angriffe meiner Schwester Kishara, die bemerkten sie zwar, aber es war ihnen egal. Denn sie wussten nicht, wie sehr es schmerzte, wenn sie mich mit einer Nadel stach. Sie sagten nichts, wenn sie meine Beine mit Juckpulver besprühte. Taten nichts, wenn sie meine Puppe aus meinen Armen riss und sie quälte. Nur mein Bruder, mein kleiner, süßer Schatz, der wusste, dass ich in diesem bewegungslosen Körper ein Mensch war. Gedanken und Gefühle hatte wie jeder Gesunde. Oft stand er neben mir, stundenlang, und sang mir etwas vor. Er streichelte über mein Haar oder sagte mir liebe Worte. Jeden Abend wünschte er mir eine gute Nacht und küsste meine Stirn, jeden Morgen erzählte er mir, wie das Wetter war und beschrieb mir die Veränderungen im Garten. Später, als er größer wurde, las er mir vor. Er war einfach immer da, wie mein Schatten. Ein Schatten, der auf mich achtete. Der so manchen Angriff von Kishara abwehren konnte. Aber auch er litt unter der tiefen Bösartigkeit der großen Schwester. Ihrer unglaublichen Eifersucht. Ihrem Willen, die Eltern für sich alleine haben zu wollen. Auch mit ihm trieb sie ihr böses Spiel. Immer ausgeklügelter, immer so, dass ihr nichts nachzuweisen war. Kishara versuchte mit allen Mitteln, dass der Bruder von den Eltern gehasst wurde. Als Belastung betrachtet wurde. So schlich sie in der Nacht in sein Zimmer und schüttete Urin in sein Bett, damit Mutter glaubte, dass er ins Bett genässt hätte. Sie mischte ihm wochenlang Schlafpulver in sein Frühstück, nicht viel, aber so, dass er in der Schule einschlief und den Unterrichtsstoff nicht mehr aufnehmen konnte. Vater glaubte, dass er einfach nur zu faul zum Lernen war. Sie versteckte einen vollen Aschenbecher unter seinem Bett. Den hatte sie dem Gärtner geklaut. Und verursachte mit Hilfe eines Zündholzes einen Schwelbrand im Zimmer. Fast wäre das ganze Haus abgebrannt. Die Schuld dafür, die bekam natürlich mein Bruder, da nützte ihm sämtliches Abstreiten nichts. Kishara schaffte es immer mehr, sich mit ihren bösen Machenschaften die Liebe der Eltern zu holen. Auch der Verdacht, dass Kishara mich umbringen wollte und den Unfall von mir inszeniert hatte, fiel mit der Zeit. Bald wurde nur noch von einem grauenhaften Missgeschick und Unglück gesprochen. Kishara hatte es geschafft, sich von jeder Schuld reinzuwaschen. Ihre pechschwarze Seele, ihr steinernes Herz, wirkte auf unsere Eltern wie weißer, frisch gefallener Schnee. Rein und unschuldig.

Ich riss mich selbst aus den Gedanken und arbeitete weiter. Ziegelstein für Ziegelstein. Aber ich warf sie nicht wahllos auf den Boden, nein. Gute Organisation war schon immer wichtig für mich. Bevor ich mit dem Abtragen der Mauer begann, schob ich die Matratze mit allem, was dazugehörte, etwas mehr als einen Meter weiter in den Raum. Die

Steine baute ich dann zwischen der Liege und der alten Wand zu einer neuen Mauer auf. Einer Mauer, die mich aus dem Raum hinter mir ausschloss.

27. Kishara, heute

„Kishara, was tust du da?" Schrill durchschnitt ihre Stimme den Raum. Unangenehm und sehr hoch erzeugte sie eine Gänsehaut auf meinen Armen. Wieder etwas oder, besser gesagt, jemand, der mir das Leben schwer machte. Nahm das denn nie ein Ende? Irina, unsere Aufpasserin, Kindermädchen, Nanny, oder wie auch immer man dieses Subjekt, das dort aufgebracht im Türrahmen stand, nennen sollte, war die letzte Person, die ich in diesem Moment sehen wollte. Mit den hochhackigen, schwarzen Pumps, dem schwarzen, kurzen Rock und ihrer immer an den obersten 3 Knöpfen geöffneten weißen Bluse, schrie Irina mich wie eine Furie an. Sie war es nicht wert, dass ich ihr eine Antwort gab. Entsprach sie doch in keiner Weise der Vorstellung von jemandem, der mir wichtig genug erschien, um meine Aufmerksamkeit zu bekommen. Dementsprechend fiel mein gelangweilter Blick, den ich ihr zuwarf, aus und brachte sie wohl vollkommen in Rage. Mit langen Schritten stürmte sie auf mich zu, riss das Kissen aus meiner Hand und griff mit beiden Händen meine Schultern. Wie Schraubstöcke umklammerten ihre dürren Finger mit den langen Nägeln das Fleisch. Als ob das nicht schon genug gewesen wäre, begann sie, meinen Körper wie eine Irre zu schütteln. Mein Kopf flog von einer Seite auf die andere, und ich musste alle Kraft aufwenden, um nicht vom Stuhl herunterzufallen.

„Du böses Mädchen, isch habe das ja immer geahnt, du willst alle hier töööten. Der arme kleine Nikolai! Was hast du getan? Du bist ein Teufel, isch muss mit deiner Mutter reden und diesmal wird sie misch glauben."

Wie armselig sie mir doch vorkam, nicht einmal „ich“ und „mich“ sprach sie richtig aus. Dieses inhaltlose Nichts bettelte um meine Aufmerksamkeit und erlag dabei dem Irrglauben, dass sie mir mit ihrem Handeln Angst einjagen konnte. Es ist leicht, ein achtjähriges Kind zu unterschätzen, umso schwerer würde es für sie sein, diesen aus Dummheit entstandenen Fehler wiedergutzumachen.

Ich hatte ein Ass im Ärmel. Durch ein heimlich belauschtes Gespräch meiner Eltern besaß ich die Information, dass Irina illegal in Deutschland lebte. Dass sie Angst hatte, zurück in ihre Heimat gehen zu müssen. Sie, der Lakai und Diener unserer Familie, abhängig von meiner Gnade, ahnte nichts von dem Wissen des zweiten Geheimnisses, das ich mein Eigen nennen konnte. Sie musste nicht nur uns zu Diensten sein, mein Vater nahm auch andere Gefälligkeiten, die sie ihm gerne gab, in Anspruch. Glaubte Irina etwa, dass ich nicht sah, was zwischen ihr und ihm vorging? Die Blicke, das Anfassen, wenn beide meinten, unbeobachtet zu sein ... Nein, meine Liebe, die kleine Kishara wusste Bescheid und hatte in ihrer Raffinesse vorgesorgt.

„Irina, tu das ruhig, aber was willst du ihr sagen? Ich habe doch nichts getan, außer dass ich meinem weinenden Bruder ein Kissen unter den Kopf schieben wollte. Ich bin in das Zimmer gekommen, um ihn zu trösten und sah, dass das Kissen, auf dem er jetzt liegt, völlig durchnässt ist. Allerdings, wenn du schon dabei bist, ein nettes Gespräch, so von Frau zu Frau, mit meiner Mutter zu führen, dann erzähle ihr doch auch gleich, was Papa und du so machen, wenn ihr alleine seid. Na, wie wäre es damit? Ach ja, und dann darfst du ihr auch ruhig die schönen Fotos zeigen, die ich mit meiner Kinderkamera gemacht habe. Ich sag es dir, die sind sowas von gut geworden!"

Augenblicklich hörte sie auf, mich zu schütteln. Irinas blonde, lockige Haare hingen ihr wirr ins gerötete Gesicht, und mit offenem Mund starrte sie mich an. „Isch habe nischt mit deinem Vater getan!"

„Na siehst du, und isch habe nischt mit Nikolai gemacht, kapiert?" Völlig aus dem Konzept gebracht, bemerkte Irina nicht einmal, dass ich sie imitierte. Schweigend ließ sie hilflos ihre Hände von meinen Schultern herabsinken. Jackpott, ich hatte gewonnen. Da war kein Grund mehr, sich Sorgen zu machen. Und falls doch, na, dann existierte ja eine Treppe, bei der es sehr leicht passierte, dass man ausrutschte und herunterfiel.

Ich konnte mir das Grinsen im Gesicht nicht verkneifen, während ich Irina in die Augen schaute. Als geschlagener Verlierer wendete sie ihren Blick ab und hielt ihn auf den Boden gesenkt, bis sie das Zimmer verließ. Bevor sie jedoch die Zimmertür schloss, hörte ich sie mit tonloser Stimme sagen: „Kishara, komm bitte nach unten in das Wohnzimmer. Deine Eltern sind auf dem Nachhauseweg und möchten mit dir, sobald sie eingetroffen sind, reden."

Wie gut ich mich an diesen Augenblick erinnerte. Ich hatte sie nie gemocht. Immer störte sie mich, egal was ich tat. Spielte sich als Beschützerin meiner Geschwister auf und beendete meine kleinen Spiele, die ich aus Langeweile mit Tamara spielte. Nie ging ich aus ihnen als Gewinnerin hervor, denn Irina schien allgegenwärtig zu sein, um mich zu stoppen.

Nachdem ich vor einigen Wochen ein Gespräch, das sie mit meiner Mutter führte, mitbekommen hatte, sorgte ich vor. Ihre Darstellung meiner Person als etwas Böses, das ihr Angst einjagte, ließ mich vermuten, dass sie auch in der Zukunft nicht aufgeben würde, Lügen über mich zu verbreiten. Ich bezeichnete mich nicht als böse, nur schlau; jemand der genau wusste, was er zu tun hatte, um seine Ziele im Leben zu erreichen. Ihr Pech, dass sie das nicht genauso sah. Aber wie sehr Irina auch versuchte, mich in einem schlechten Licht darzustellen, meine Mutter winkte nur genervt ab. Sie glaubte ihr zu meinem Glück kein Wort. Daraufhin beobachtete ich unsere Nanny und meinen Vater, wartend auf den richtigen Schnappschuss, den ich natürlich auch bekam. Die Fotos in meiner Kamera warteten nur darauf, entwickelt und gezeigt zu werden. Nun hatte sie mich ertappt und wie eine Wilde geschrien. Ihre Worte verpufften ungehört, denn keiner hielt sich in der Nähe auf, der sie hätte hören können. Ich jedoch hatte Irina in ihre Schranken gewiesen. Sie würde nicht noch einmal den Mund aufmachen, dessen war ich mir sicher.

Ich lief die Treppe runter und setzte mich auf die unterste Stufe. Irina schien nur darauf gewartet zu haben, dass ich das Zimmer meines Bruders verließ, denn sie stürmte an mir vorbei die Treppe hoch zurück zu Nikolai. Für eine Sekunde, als sie direkt neben mir die Stufen hochsprang, konnte ich kaum dem Drang widerstehen, ihr an die Beine zu greifen, um vielleicht ein Stolpern und Fallen hervorzurufen. Ich beherrschte mich, wenn auch widerwillig. Ein zweiter Unfall in so kurzer Zeit hätte doch Zweifel an meiner Unschuld ergeben. Erst als meine Eltern nach Hause kamen und im Flur standen, traute sich auch Irina, mit Nikolai sein Zimmer zu verlassen und zu uns herunterzukommen. Kurzzeitig befürchtete ich, dass sie doch ihren Mund nicht hielt, aber auch wenn sie sich nicht in meine Nähe wagte, verraten tat sie mich nicht. Sie hatte endlich kapiert, das war besser für sie.

Ich schaute vom Buch hoch, gestört beim Schreiben durch Mutter Natur. Meine Blase meldete sich erneut. Ich wartete nicht lange, versuchte nicht, den Drang zu unterdrücken, denn diesmal machte es mir keine Probleme mehr, mich in die Ecke zu setzen und mich zu erleichtern. Ich konnte es vor mir selbst nicht leugnen. Das, was ich einmal vor vielen Stunden, vielleicht sogar Tagen, gewesen war, hatte endgültig Platz für das Kind Kishara gemacht.

Mit jedem Wort, das seinen Platz in dem Buch fand, vollzog sich die Veränderung immer schneller. Mittlerweile mit rasender Geschwindigkeit glitt die ehemals wichtige Persönlichkeit der Scheinfigur einer erwachsenen Kishara zurück, um die überaus willkommene Kämpferin aus der Kindheit, die mir so vertraut erschien, zu begrüßen. Der Geruch, der mich noch vor einigen Tagen anekelte, der Dreck, die Kotze um mich herum, egal. Die Kälte des Raumes und die Einsamkeit belasteten mich kein Stück mehr. Das kleine Kind, das in mir erwachte, interessierte nur noch, wie es sein Ziel erreichen konnte. Wollte ich zu Anfang hier raus und gab meiner Freiheit die oberste Priorität, existierte jetzt ein weitaus interessanteres Ziel. Eines, das mir gefiel und das beinhaltete, wie ich den oder diejenige töten und aus dem Weg räumen könnte, der meinte, meine Spiele besser spielen zu können.

Zeit, sich Teil zwei des Planes zu widmen und so zu tun, als ob ich schlafen gehen würde. Konzentriere dich, Kishara, und sei eine gute Schauspielerin. Mein neues Ich spornte mich an, das Richtige zu tun. Wieder den Blick an die Decke gerichtet, bat ich mit weinerlicher Stimme, mich gehen zu lassen. Es gelang mir sogar, dass einige Tränen meine Wangen herunterliefen. Ein letztes gehauchtes „Bitte" in die Kamera, dann wandte ich mein Gesicht ab und kroch, wie ich hoffte, geschwächt wirkend zurück auf die Matratze. Dort zusammengerollt auf der Seite liegend, stammelte ich schluchzend weiter *bitte, bitte* vor mich hin, bis ich sicher sein konnte, dass es reichte, damit er mir mein Theater abkaufte. Der letzte Akt des Dramas endete, indem ich die Augen schloss, immer leisere Töne von mir gab, um sie dann endgültig verstummen zu lassen. Jetzt hieß es nur noch wach bleiben und warten. Ich schmunzelte innerlich, oh ja, ich war gut, zu gut für diese jämmerliche Kreatur dort oben, die dachte, mich steuern zu können. Leise, sehr leise flüsterte ich: „Let the games begin", und freute mich auf den Augenblick, der mich zu einem grandiosen Finale führen würde!

28. Pamina, noch ein Monat und zwei Tage

Ich konnte die Stunden nicht mehr zählen, die Tage und Nächte nicht mehr spüren. Die Dunkelheit nahm mir jegliches Zeitgefühlt. Immer schwerer wurden die Ziegelsteine, so wie wenn die vergehende Zeit sich als Ballast dazu gesellte. Mein Körper schrie nach Ruhe, nach Schlaf. Meine Hände wollten nicht mehr greifen, aber ich zwang sie. Stein für Stein.

Die monotone, anstrengende Arbeit zwang mich, dass ich wieder meine Erinnerungen hervorkramte. Diesmal nicht die frühen, sondern die schönen, von denen ich immer wusste.

Mein Vater. Der, von dem ich glaubte, dass er mein Vater war, liebte diesen Ort hier. Er hatte eine tiefe Verbundenheit zu der Ursprünglichkeit dieser einfachen Menschen. Ihm bedeutete das moderne Leben nichts. Jeden freien Tag, und sei es auch nur ein halber, packte er mich in seinen alten Wagen und fuhr mit mir hierher. Die Bauern hier erledigten die meiste Feldarbeit mit der Hand. Es gab für den ganzen Ort nur einen einzigen Traktor; da musste vieles anders gelöst werden. Kartoffeln, die beim mechanischen Ausgraben nicht aufgefangen wurden, die blieben nicht liegen und verfaulten. Die Menschen halfen zusammen und sammelten die Erdfrüchte händisch ein. Für uns Kinder ein großer Spaß, denn das weckte die Feldmäuse, und wir machten uns ein Spiel daraus, diese einzufangen. Dann bauten wir ihnen in diesem Keller hier ein großes Gehege mit Zimmern und Hindernissen. Und wenn es dunkel wurde, dann brachten wir sie wieder auf das Feld und ließen sie

frei. Oft verbrachten die Dorfkinder und ich dann in diesem
Keller den Abend, manchmal auch die Nacht. Die Erwachsenen vergnügten sich mit lustigen Weinverkostungen und
dem Verbreiten von Tratsch.

Noch ein wenig weiter zurück musste ich in meinen Erinnerungen gehen. So weit, dass ich mich erinnerte, wie ich zu
Vater kam. Die Gedanken an die Vergangenheit liefen wie
ein Film vor mir ab. In dieser Dunkelheit war das nicht
schwierig, da kein Licht und kein Gegenstand mich visuell
ablenkten. Immer schneller liefen die Bilder, immer weiter
zurück. Dann sah ich es. Das große, weiße Haus, die riesige
Glastür. Ich ging einen langen Gang im Inneren des Hauses
entlang, zwei Männer in weißen Gewändern führten mich
an den Händen. Langsam gingen wir auf die Glastür zu. Ich
konnte hinter dieser so viel Grünes sehen. Bäume, Gräser,
Blumen. Ein Anblick, an den ich mich nicht erinnern konnte,
etwas, das ich nie gesehen hatte. Denn die Räume in diesem Haus hatten keine Fenster. Das Einzige aus Glas war
diese Tür, und dort durften die Bewohner niemals hingehen.
Hinter dieser Türe stand ein Mann. Er schien mir aufgeregt
und verlagerte sein Gewicht von einem Bein aufs andere.
Seine Hände rieb er aneinander. Er war freundlich, denn
ich konnte sein Lächeln bereits aus dieser Entfernung erkennen.

Endlich erreichte ich die Türe und sie schwang auf. Sofort
eilte der Mann auf mich zu, hob mich in die Höhe, trotz der
Tatsache, dass ich nur einen Kopf kleiner war als er. Er drehte mich im Kreis und rief immer wieder: „Pamina! Meine
süße, kleine Pamina! Endlich hab ich dich wieder!"

Ich war überwältigt von all der Herzlichkeit, trotzdem war

der Mann mir fremd. Ich kannte ihn nicht. Wusste nicht, was ich nun tun sollte, oder wie ich richtig reagieren musste. Um die Situation zu entschärfen, lächelte ich ihn einfach an, als er meine Beine wieder auf festen Boden setzte.

„Gut, dann unterschreiben Sie bitte hier, dass Sie Ihre Tochter wohlbehalten übernommen haben und sie hiermit aus dem Sanatorium entlassen ist", sagte einer der mich begleitenden Männer zu dem Fremden, drückte ihm ein Formular und einen Stift in die Hand. Der Fremde unterfertigte das Papier und gab es zurück.

„Komm, mein Mädchen, fahren wir nach Hause!"

So habe ich meinen Vater kennengelernt. Irgendwie dachte ich immer, dass es natürlich mein Vater war und ich mich einfach nur nicht erinnern konnte. Irgendwann einmal erzählte er mir von einem Unfall, bei dem ich meine Erinnerungen verloren hätte. Für mich war das klar, dass es nur so gewesen sein konnte. Im Haus hingen Fotos eines kleinen blonden Mädchens, das mir ähnlich sah. Ich dachte immer, dass ich dieses Mädchen war. Dass ich nicht wirklich zu diesem Mann als Vater gehörte, er nur eine Ersatzfamilie für mich war, auf diesen Gedanken kam ich einfach nicht. Doch jetzt wusste ich es besser. Jetzt kannte ich sie, die Menschen, die früher meine Eltern waren. Ein richtiger Vater und eine richtige Mutter. Beide Menschen, die ihr Kind in ein großes, weißes Haus steckten, um es zu vergessen.

Ich arbeitete weiter, immer weiter; Ziegel für Ziegel holte ich aus der Wand und baute damit hinter der Liege eine neue. Ich merkte, wie langsam eine Traurigkeit über mich hereinbrach. Immer mehr Tränen rollten über meine Wangen und tropften auf den harten Erdboden. Noch versuchte ich, es zu ignorieren. Dieses Gefühl des Verrats.

Die Wand wurde immer höher, und ich musste bereits auf die Liege steigen, damit ich die Ziegel weiter aufbauen konnte. Ich empfand weder Hunger noch Durst, hatte nur das Verlangen, aus diesem Keller hinaus zu wollen. Ohne Angst, ohne Panik. Trotzdem trank ich hin und wieder einen Schluck Wasser. Bevor ich mit der Wand so hoch war, dass ich nicht mehr drübersteigen konnte, holte ich den Krug vom Tisch. Er war immer voll Regenwasser, das war schon in meiner Kindheitserinnerung so, denn er diente einzig dazu, das Regenwasser aufzufangen, das durch das kleine Lüftungsrohr in der Decke eindrang. Als Kind lachte ich über diese Idee des Weinbauern, denn er hätte das Wasser auch im Boden versickern lassen können, doch jetzt rettete mir dies wahrscheinlich das Leben.

Bald war es geschafft; ein paar Reihen noch, dann konnte ich beginnen, die Erde wegzugraben. Der Spaten aus dem Wagen lag leider oben über dem Eingang und auch das andere Werkzeug. So würden mir wohl die Gläser reichen müssen, und zum Auflockern hatte ich dem armen, alten, dreibeinigen Sessel seine restlichen Beine abgebrochen. Es war Zeit für ihn, endgültig sein Dasein aufzugeben.

Immer stärker wurde mein Drang, in die Erde zu stechen, und ich musste mich zwingen, nicht zu früh zu beginnen, denn wenn ich die Erde lockerte, bevor ich die Wand fertig hatte, dann konnte ich die unteren Reihen nicht entfernen, und dies wäre eine Katastrophe. Wer auch immer mich hier einsperrte, der durfte niemals wissen, dass es diesen zweiten Ausgang gab. Der musste in dem Glauben bleiben, dass ich einfach verschwunden war. Die neue Wand wür-

de hoffentlich reichen, um eine entsprechende Täuschung
zu erzeugen.

29. Kishara, heute

Wieder umgab mich nichts als Stille, einfach nur Stille. Nicht einmal ein Laut von den Ratten war zu hören. Anscheinend gönnten sie sich eine Schlafpause.

Ich mochte diese Ruhe nicht, sie hatte etwas Unheimliches an sich. Doch es blieb mir nichts anderes übrig, als sie zu erdulden. Den Reiz zu unterdrücken, mit mir selber zu sprechen, um wenigstens einen Laut zu hören, forderte schon einiges an Selbstdisziplin von mir. Gott sei Dank besaß ich mehr als genug davon. Diese Fähigkeit und viel Geduld hatten mich schon sehr oft an das von mir gesteckte Ziel gebracht. Im Gegensatz zu vielen anderen Menschen, die diese Charaktereigenschaften nicht ihr Eigen nennen konnten, hatte mich das Leben gelehrt, dass die Kunst, sich selbst zu beherrschen, sehr nützlich war.

Mein Innerstes schaltete auf Gelassenheit um, und so reagierte ich nicht einmal auf das beginnende Zucken in den Beinen. Ein kurzes Nachdenken reichte aus, um die Erkenntnis, dass es nur wieder eine Folge der Begleiterscheinungen der abgesetzten Tabletten war, zu erlangen. Auch die Übelkeit und das leichte Schwindelgefühl erschreckten mich nicht. Ich wusste, es würde noch einiges an Überraschungen, die mein Körper für mich bereithielt, dazu kommen. Aber solange es dafür eine Erklärung gab, stellte es keine Herausforderung für mich dar, damit umzugehen. Haloperidol und meine anderen kleinen Smarties kriegten mich nicht klein.

Mit geschlossenen Augen konzentrierte ich mich auf meine Atmung. Tief und gleichmäßig hob und senkte sich mein

Brustkorb. Genau so, wie ich es wollte. Der Anschein eines tiefen Schlafes. Mein Entführer sollte keinen Zweifel an der Echtheit haben, von dem, was ich ihm vorgaukelte.

Um nicht wirklich einzuschlafen, brauchte ich etwas, mit dem ich mich beschäftigen konnte. Mir fiel eine Therapieübung ein, die damals durchaus erfolgreich gewesen war. Sie lehrte mich, mir Dinge vor Augen zu führen, die mir Freude machten, mich begeisterten. Der Ablauf schrieb vor, dass ich mir ein eigenes kleines Reich voller schöner Plätze, an denen ich mich wohlfühlte, in meinen Gedanken baute. Meine Psychiater, Psychologen, Ärzte und wie man sie auch immer nennen wollte, sprudelten fast über vor Entzücken, als sie dem Eindruck erlagen, durch diese kleine Übung einen enormen Durchbruch bei mir erreicht zu haben.

Ich gebe zu, dieser Platz, den ich ausfüllte mit meinen sogenannten „schönen Erinnerungen" gefiel mir, und wirklich, er half mir, in meiner Vergangenheit zurechtzukommen. Bloß, er entsprach ihrer Vorstellung von meiner Fantasie und wie ich ihn gestaltete, nicht im Geringsten. Natürlich erzählte ich niemandem, dass ich mich nicht als Kind in den Armen meiner Mutter sah oder an Orten warm und voll Licht. Auf keinen Fall an Weihnachten, verbunden mit Glückseligkeit und der lieben Familienharmonie dachte. Ich schenkte ihnen das typische Blabla, das sie von mir erwarteten. Damals, mit sechzehn Jahren, fiel es mir nicht schwer, sie zu manipulieren und ihnen zu sagen, was sie hören wollten. Dies war eine meiner leichtesten Übungen. Die wirklichen Bilder in meinem Verstand, die ich mir tatsächlich vor Augen führte, hatten nichts mit heiler Welt, Harmonie, Liebe und anderen Gefühlsduseleien gemeinsam. Ich malte mir Szenarien aus, die meine kleinen Erfolgserlebnisse in schönen Erinnerungsfotos, aufgenommen von meinem Verstand, zeigten. Sie waren das Einzige, was so etwas wie ein Gefühl in mir hervorrief. Was diese Idioten nicht begriffen, ich hatte keine Ahnung, wie sich die ihnen so wichtigen Empfindungen wie Freude, Zuneigung, Liebe anfühlten. Ich hatte sie einfach nicht. Ich gab nur vor, diese zu empfinden, weil es von mir gefordert wurde. Nur in Momenten, in denen ich das von mir gesteckte Ziel erreichte, gab es für mich so etwas wie Zufriedenheit, vielleicht ein Hochgefühl. Was es genau war, konnte ich nicht in Worte fassen. Aber diese kleinen, netten Episoden stellten den Sinn meines Lebens dar und bewohnten meine Räume der Glückseligkeit.

Jetzt, wo ich in diesem nach Pisse stinkenden, von Ungeziefer bewohnten Keller, auf meiner Matratze liegend auf ein Zeichen meines mir unterlegenen Gegners wartete, wendete ich genau dies wieder an. Ich baute mir Räume in meinen Gedanken, die ich mit dem jeweiligen Alter und seinen dazugehörigen Ereignissen füllte.

Wie immer begann ich mit meinem Erfolg am Swimmingpool. Ja, es war ein Riesenhit gewesen! Zwar starb meine Schwester nicht an den Folgen ihres kleinen Missgeschickes, aber sie hatte Einbußen davongetragen.

An dem Tag, als meine Eltern vom Krankenhaus zurückkamen und mir mitteilten, dass Tamara in Lebensgefahr schwebte, glaubte ich, das Beste für meine Person wäre, wenn sie endlich starb. Doch ich bekam einige Monate später ein viel größeres Geschenk. Tamara kam zurück. Ja, ich weiß, unverständlich, warum mir dies so gefiel. Aber alleine ihr hilfloser Anblick stellte eine Genugtuung für mich dar. Unsere Königin der Herzen lag im Koma. Unfähig sich zu bewegen, zu reden oder irgendetwas zu tun, fristete sie ihr Dasein in ihrem kleinen Zimmer.

Abgeschnitten vom Rest der Welt. Nicht in der Lage, irgendjemandem von den kleinen Späßen und Versuchen, die ich an ihr ausprobierte, zu erzählen. Wann immer es mir möglich war, nutzte ich die Gelegenheit, an ihr zu testen, wie weit ich gehen konnte. Und so manches Mal ging ich sehr weit.

Bis auf einen Vorfall übte ich mich in äußerster Vorsicht, um nicht entdeckt zu werden. Nur an diesem Tag, als ich ihre lebenserhaltenden Geräte an- und ausschaltete, dabei immer längere Pausen einlegte, geschah das, was ich schon vor Monaten geahnt hatte. Irina entdeckte mich erneut, und trotz ihrer durchaus verständlichen Angst vor mir war mir klar, dieses Mal würde sie nicht ihren Mund halten.

Doch auch hier blieb mir das Glück hold. Meine Eltern waren für zwei Tage verreist. Sie hatten irgendetwas Wichtiges, aber Uninteressantes für ein Kind meines Alters zu erledigen. Allerdings war es jetzt das Beste, was mir passieren konnte. Nur wenige Minuten später stand mein Plan fest. Da Irina so neugierig ihre Nase in mein Leben steckte, mich einfach nicht in Ruhe ließ, musste sie weg. Es war so einfach. Die Stufen der Marmortreppe ein wenig zu stark mit der Schmierseife einreiben, Nikolai in seinem Zimmer zum lauten Weinen bringen und dann einfach auf ihren Schrei, den sie ausstieß, während Irina die Treppen hinaufrannte und dann herunterfiel, warten. Eine Sache, die mir nicht viel Kopfzerbrechen bereitete und auch nicht allzu viel Aufwand erforderte. Noch heute sage ich mir, es war wohl ihr Schicksal, denn genau so, wie ich es mir vorgestellt hatte, lief es auch ab. Ich brauchte nicht einmal hinterher die Spuren zu beseitigen, denn unsere Putzfrau hatte ein Faible für Schmierseife. Bereits früher war es des Öfteren vorgekommen, dass sie ein wenig zu viel des Guten tat.

Ich lief vorsichtig die Treppe hinunter, wusste ich doch haargenau, bei welchen Stufen ich aufzupassen hatte. Unten angekommen begann ich zu schreien. Kniete mich nieder und hielt mit meinen kleinen Händen ihren Kopf. Genugtuung erfüllte mich, als ich sah, dass Blut aus ihrem Hinterkopf rann und ihre Augen starr nach oben gerichtet waren. Ja, Irina war ganz bestimmt nicht wie Tamara ins Koma gefallen; diese kleine Hexe spielte Schach mit Gevatter Tod. Goodbye meine Nanny, schön war´s mit dir. Der Rest des Dramas dauerte nur kurz. Unsere Angestellten eilten zu mir, der Krankenwagen wurde gerufen, meine Eltern kamen zurück und naja, das war´s dann auch. Es gab nur einen Punkt, der meine Euphorie ein wenig dämpfte. Die Blicke meines Vaters. Sie sagten, was er nicht aussprach. Er glaubte mir nicht, und sie verrieten, dass er ahnte, was wirklich geschehen war. Dennoch zählte ich dieses großartige Ereignis zu den besten in meinem Leben.

30. Pamina, noch ein Monat

Die Erschöpfung durch die anstrengende Arbeit ließ mich in einen ohnmachtsähnlichen Schlaf fallen. Eingerollt lag mein Körper auf einem Haufen feuchter Erde, halb in einem schmalen Tunnel. Die Träume waren verwirrend und beängstigend.

Bewegungslos lag mein kleiner Körper auf einer Liege. Meine Augen geschlossen, und die Menschen um mich herum bekamen den Eindruck, dass ich tief und fest schlief. Aber ich war wach. Mein Verstand arbeitete auf Hochtouren, jedes noch so leise gesprochene Wort hörte ich. „Es ist ein Rätsel, warum sich dieses Mädchen nicht bewegen kann. Körperlich scheint alles in Ordnung zu sein, die Reflexe sind im Normalbereich."

„Seit Jahren ist dieser Zustand unverändert. Die Familie brachte sie zu einigen Spezialisten, aber nichts half."

„Meiner Vermutung nach blockiert sich das Kind selbst. Aus irgendeinem Grund will sie so bleiben, um sich vor etwas zu schützen."

„Nur, was kann so eine Bedrohung sein, dass die Psyche mit absoluter Bewegungsunfähigkeit reagiert? Die Eltern scheinen mir liebevoll zu sein, und auch die beiden Geschwister zeigen keine Abnormitäten."

Die Worte erheiterten mich fast, doch eine sichtbare Regung, wie etwa in schallendes Gelächter auszubrechen, das war mir nicht möglich. Sie hatten alle keine Ahnung, wussten nicht, wie böse Kishara wirklich war. Welche Qualen sie meinem Bruder bereitete und was in ihrem kranken Gehirn vor sich ging. Für die Menschen in ihrem Umfeld spielte sie die brave und liebende Schwester, die perfekte Tochter. Den Sonnenschein der Familie.

Doch dass ich meinen Zustand selbst hervorrief oder selbst bestimmen konnte, das erschien mir doch eine sehr absurde Behauptung. Wie gerne hätte ich meinem kleinen Bruder geholfen, wie gerne hätte ich ihn vor der bösen Schwester beschützt, doch ich konnte nur zusehen. Nicht einmal um Hilfe rufen oder meinen Eltern erzählen, was in ihrem Haus vor sich ging. Doch so sehr ich es mir wünschte, so sehr ich mich auch bemühte: Es ging nicht; ich konnte meinen Körper nicht dazu bringen, sich zu bewegen, konnte meine Worte nicht dazu bringen, meinen Mund zu verlassen und all das Elend in die Welt hinauszuschreien.

Die weiß gekleideten Menschen in dem großen, weißen Haus quälten meinen Körper. Sie stachen mich mit langen Injektionsnadeln, schlossen mich an Apparaturen an und prüften mit Strom die Funktion meiner Nerven. Unsagbare Schmerzen verspürte ich, doch sie merkten es nicht. Nicht einmal zum leichtesten Zucken war mein Körper fähig. Nur meine Augen, die zeigten es ihnen. Ich versuchte, ihnen mit meinen Blicken mitzuteilen, dass ich alles spürte, was sie meinem Körper antaten. Doch sie schauten nicht in mein Gesicht, sahen meine Blicke nicht.

Die Schmerzen in meiner Erinnerung wurden so unerträglich, dass sie mich aus meinem Erschöpfungsschlaf rissen. Mühsam rappelte ich mich auf. Mir war kalt, und ich hatte das Gefühl, dass die Feuchtigkeit der Erde durch meinen ganzen Körper gekrochen war. Aber eines wusste ich jetzt mit Gewissheit. Ich war nicht Pamina! Und ich musste hier heraus, so schnell wie möglich.

Ich hatte in meinem Leben bereits so starke Schmerzen erlitten, dass mir die meiner Muskeln nichts mehr ausmachten. Mit einem unglaublichen Zorn auf all das Vergangene, all das Vergessene und all das, was mir angetan worden war, stieß ich die Stuhlbeine so tief in die Erdschicht, dass mir diese in großen Brocken entgegenkam. Die Gläser brauchte ich nicht mehr als Schaufelersatz. Mit beiden Händen fasste ich nach den Brocken und schaufelte sie hinter mich. Immer schneller arbeitete ich. Meine Finger fühlten nichts mehr, aber das war mir egal, denn ich sah, wie mein schmaler Tunnel nach draußen tiefer wurde.

Wieder stieß ich mit dem Stuhlbein zu, und bereits nach wenigen Zentimetern spürte ich das dumpfe „Poch", als es an die ehemalige Eingangstür anschlug. Jetzt hielt mich nichts mehr auf. Keine Müdigkeit, kein Hunger, kein Durst. Ich war der Freiheit so nahe: Nur noch ein bisschen Erde trennte mich von meinem Ziel. Endlich wusste ich, was ich wollte. Ich musste Kishara finden.

Inzwischen überrollte mich auch im wachen Zustand die Erinnerung an alles, was in meinem Leben passiert war. All das Leid und die Qual, die mir meine Schwester angetan hatte, erlebte ich noch einmal. Und mit jeder einzelnen Erinnerung wurde meine Kraft stärker.

Endlich hatte ich meinen Tunnel so weit fertig, dass ich das alte Holz der ehemaligen Türe durchbrechen konnte. Das war keine große Schwierigkeit, da das Holz jahrzehntelang der feuchten Erde ausgesetzt war und praktisch ohne große Kraftanstrengung zerbröselte. Ich erwartete dahinter weitere Berge von Erde, wurde aber sehr positiv überrascht. Nur eine dünne Schicht, verbunden und zusammengehal-

ten durch die Wurzeln der Grasschicht, musste noch entfernt werden.

Mein kleiner Tunnel in die Freiheit war wirklich klein. Insge-
samt hatte er nur eine Tiefe von ungefähr einem Meter,
und trotzdem brauchte ich meine letzte Kraft, um durchzu-
schlüpfen. Jetzt, wo ich es geschafft hatte und das Tageslicht sehen konnte, da wollte mich die Energie verlassen.
Zentimeter um Zentimeter schob ich meinen Körper durch
das Loch. Gleichzeitig kam in mir die Angst vor der lang
vergessenen Bewegungsunfähigkeit wieder in mir hoch. Ich
versuchte, mich daran zu erinnern, dass ich ein hilfloser
Fleischberg war, der nur denken und sehen konnte und
den Menschen meiner Umgebung nur eine Last war.

„Tamara! Das hat aber gedauert!" Die Worte trafen mich
wie ein Hammerschlag. Ich steckte noch halb in dem Tunnel, nur meine Arme, mein Kopf und die Hälfte meines
Oberkörpers schauten heraus.

„Wer ... bist ... du?", stammelte ich und konnte in dieser Lage nur zwei Beine erkennen, die in lehmverdreckten Schu-
hen steckten.

„Du kennst mich nicht mehr? Hast du den Klang meiner
Stimme vergessen?"

„Marco!" Jetzt erst konnte ich die Worte der Person zuordnen, die mich so hintergangen hatte, mich in den Ruin
trieb, mir meine Selbstachtung nahm und einfach alles!

„Ja! Meine liebe Tamara - oder soll ich dich Pamina nennen? So wie damals? Als wir uns liebten?" Bei diesen Worten brach er in schallendes Gelächter aus und beugte sich
zu mir herunter, um mich gänzlich aus dem Loch zu ziehen.
Er hob mich dann in die Höhe und stellte mich einfach auf

meine Beine, so als ob ich eine Puppe wäre. Meinen Rücken lehnte er gegen den Rest der Grasmauer, die den Eingang noch teilweise verdeckte.

„Ich wusste, dass du einen Ausweg finden wirst, dass du aus diesem Keller entkommen kannst. Du warst die Einzige, die wusste, wo der alte Eingang war. Deswegen habe ich dir auch eine Belohnung mitgebracht. Etwas, was dir immer schon wertvoll war. Etwas, das meine Schwester dir immer wieder gebracht hat, wenn Kishara es dir weggenommen hat."

Ich starrte ihn noch immer ungläubig an. Konnte es einfach nicht glauben, dass Marco hier vor mir stand. Dass er es gewesen war, der mich einsperrte. In seinen Händen hielt er meine Puppe.

„Du, liebe Tamara, du hast meine Schwester nicht beschützt. Damals, als sie deinem Bruder zu Hilfe eilen wollte! Du bist nur dagelegen, hast dich geweigert, dich zu bewegen! Aber du hättest sie retten müssen! Sie beschützen!"

Gleichzeitig mit diesen Worten ermordete er meine Puppe. Er zerrte an ihrem Kopf, bis dieser aus der Verankerung riss und schleuderte ihn weit von sich, dann tat er dasselbe mit den Gliedmaßen. Mich schauderte. Die Puppe, meine Puppe, das Einzige, was für mich als Erinnerung an meine Wurzeln greifbar war.

„Was hätte ich tun sollen!", schrie ich ihn an, „was?!"

„Das, was du später auch gemacht hast, als du in die Rolle von Pamina schlüpftest! Aufstehen! Gehen!"

„Ich konnte nicht! Es ging nicht! Weißt du eigentlich, was für grauenhafte Spielchen Kishara mit mir machte? Glaubst du wirklich, dass ich dies alles zugelassen hätte, wenn ich mich hätte bewegen können?!"

Er antwortete nicht. Starrte mich hasserfüllt an.

„Deine Aufgabe ist noch nicht zu Ende! Meine Briefe brachten dich hierher; nun ist es Zeit, dass du sie holst und den Tod meiner Schwester rächst!" Er schmiss mir den Autoschlüssel vor die Füße, drehte sich um und ging weg.

„Marco!", rief ich ihm nach, doch er ging weiter, als hörte er mein Rufen nicht.

31. Kishara, heute

Das Buch auf meinen Knien, den Stift in der Hand, formten sich meine Erinnerungen zu Buchstaben und Worten. Ich tauchte wieder ein in die Vergangenheit.

Es begann eine langweilige Zeit, keine Spannung, die mir das Gefühl von Leben schenkte. Keine Erfolgserlebnisse, die mein Dasein versüßten. Ein dunkler Raum, mit tagtäglichen stupiden Abläufen ausgestattet, der nicht gerade zum Verweilen einlud. Für mich erschienen diese Wochen wie eine Ewigkeit, schwer, sie zu überbrücken, da sie nicht einen Hauch von Sinn im Leben enthielten. Doch mir blieb nichts anderes übrig, als die Zähne zusammenzubeißen und durchzuhalten. Wusste ich doch, dass jeder weitere Schritt in die Richtung, in die ich so gerne gehen wollte, ein Schritt zu viel gewesen wäre.

Nachdem ich Irina endlich und ohne weitere Konsequenzen losgeworden war, hielt ich mich zurück. Das Genie in mir wusste, dass ich besser Gras über die Angelegenheit wachsen ließ. Auch wenn mir etwas Abwechslung fehlte, und ja, ich meine wirklich fehlte, besaß ich dennoch genug Intelligenz zu wissen, dass erstmal Schluss sein musste. Alles andere hätte für ein Desaster gesorgt. Das Letzte, was ich gebrauchen konnte, bestand aus bestätigten Zweifeln an meiner Unschuld.

Also spielte ich den guten Engel. Ich tat alles mir Mögliche, um wie ein sogenanntes „normales", gutes Kind zu wirken. Liebreizend und zuckersüß reagierte ich, so wie meine Umgebung es sich wünschte. Jede passende Emotion kam wie auf Knopfdruck. Die kleine Kishara lachte, weinte und übte sich in der Rolle der treusorgenden Schwester ihres kleinen Bruders. Jemand, der nicht mein Leben lebte, würde kaum eine Vorstellung davon haben, wie anstrengend es für mich war, Empfindungen glaubhaft vorzuspielen. Welche Qual der Verzicht auf meine Bedürfnisse für mich bedeutete. Keine Gänsehaut mehr auf dem Körper. Kein Warten auf dieses fantastische Machtempfinden, wenn ein Mensch trotz all seiner Bemühungen dem Tod zu entgehen, vergeblich hoffend auf ein gutes Ende, mir in die Augen sah und erkannte, er hatte verloren. Diesen Triumph zu sehen, dass alles wie in meinen Vorstellungen ablief, das bedeutete Leben für mich.

Ich gebe zu, ja, auch ich hatte Schwächen, die dafür sorgten, dass ab und zu kleine, eigentlich nicht erwähnenswerte Rückfälle passierten. Jeder Mensch braucht hin und wieder einen Anreiz, stark zu bleiben, da erging es meiner Person auch nicht anders als anderen. Doch das, was ich tat, fiel niemandem auf, denn ich benutzte selbst mein sogenanntes Fehlverhalten dazu, mich vor meiner Familie in einem guten Licht zu präsentieren.

Wie? Hier nun ein kleines Lernbeispiel: Füge deinem Bruder Schmerzen zu und bringe ihn damit zum Weinen. Dann sei diejenige, die ihn mit all ihrer aufopfernden Liebe tröstet, wenn jemand den Raum betritt.

Gut, es stellte nicht das Nonplusultra für mich dar, aber es machte mir schon Spaß, die Dummheit der anderen zu sehen. Ihre Freude über meine positive Verwandlung zur liebenden Schwester, die sie die Tränen von Nikolai vergessen ließ. Wie sie das beruhigende Gefühl, dass alles gut war, genossen und sie sorglos werden ließ.

Insbesondere meiner Mutter gelang es nicht, ihr Glück und ihre Freude über meine Fürsorglichkeit zu verbergen. Nahm ich ihr doch einen nicht geringen Teil der ihr so verhassten mütterlichen Verpflichtungen ab.

Meine liebe Mutter. Ja, so schimpfte sie sich. Sie glich mir sehr. Wenn niemand da war, der sie beobachtete, verschwanden das Lächeln und die Wärme aus ihrem Gesicht. Zurück blieben nur Kälte und Lethargie. Jedoch als Ehefrau eines hoch angesehenen Mannes trug Mutter die Last, eine Rolle zu spielen, die es ihr nicht erlaubte, ihr wahres Gesicht zu zeigen. Echte Gefühle, geschweige denn Interesse für ihre Kinder, so etwas besaß sie nicht. Ich durchschaute ihre Fassade. Wenn sie vor Besuchern unseres Hauses unter Tränen über das Schicksal ihrer Tochter Tamara klagte, bewunderte ich insgeheim ihre schauspielerischen Leistungen. Bemerkte ihre innere Leere, wenn sie an dem Bett meiner Schwester stand und auf sie herunterschaute. Tamara diente für meine Mutter nur als Mittel zum Zweck, das Mitleid der anderen auf sich zu ziehen. Nein, sie war ganz bestimmt nicht besser als ich. Irgendwann fing Mutter an, sich mit Alkohol zuzuschütten und ihre kleinen Pillen wie Bonbons zu schlucken. Dann saß sie im Wohnzimmer, die Augen geschlossen, weit entfernt von dieser Welt. Selbst wenn Ihr Kind dort oben alleine in seinem Zimmer vom Sensenmann persönlich Besuch bekommen würde: Das Subjekt, das sich meine Mutter nannte, hätte es nicht einmal bemerkt.

Der einzige Mensch, der litt, war mein Vater. Häufig sah ich ihn aus Tamaras Zimmer kommen. Das Gesicht rot und von Tränen verquollen, lief er, ohne mich zu beachten, an mir vorbei. Ich hatte ihn für immer verloren. Die Blicke, die mich trafen, wenn er mir nicht aus dem Weg gehen konnte, waren voller Verachtung. Zwar nannte er mich immer noch seine Tochter, aber die Gefühle eines Vaters brachte er mir nicht mehr entgegen.

Nach einigen Monaten wurden auch seine Besuche am Krankenbett meiner Schwester weniger. Vater lebte kaum noch bei uns in diesem Haus. Sein Leben spielte sich nur in der Firma ab. Sie war der Platz, an den er flüchtete, um nicht mehr zusehen zu müssen, wie aus seiner einst geliebten Familie ein Trümmerhaufen aus zerbrochenen Träumen geworden war.

Meine Spiele mit Nikolai und auch mit Tamara hörten auf. Sie bereiteten mir langsam keine Freude mehr. Kaum noch beschäftigte ich mich mit den beiden. Auch mich hatte eine Art von Passivität erfasst. Ja, und dann, eines Tages, an dem ich nach zwei oder drei Wochen Untätigkeit endlich wieder Tamaras Zimmer betrat, fand ich nur noch ein leeres Bett im Raum vor. Keine Maschinen mehr und auch keine Tamara – nichts, was in irgendeiner Weise auf ihre Existenz hindeutete. Sie war einfach fort.

Es gab keine Fragen, keine Erklärungen, kein Gespräch über ihren Verbleib. Ob sie zurückkam oder auch nicht. Niemand erwähnte jemals wieder irgendetwas, was mit ihrer Person zu tun hatte. Beinahe so, als ob sie nur ein Geist unserer Fantasie gewesen wäre. Interessierte es mich, was aus ihr wurde? Nein, nicht im Geringsten. Jedoch sie fehlte mir; schließlich hatte sie einen großen Teil meiner Langeweile vertrieben. Meinem Leben einen Sinn gegeben. Nikolai stellte nicht wirklich einen guten Ersatz für meine Schwester dar. Es würde schwer werden, etwas Gleichwertiges zum Spielen zu finden.

Und es sollte Jahre dauern, bis ich endlich das Richtige für die Erlösung aus dem trübsinnigen, langweiligen Leben des Mädchens Kishara fand. Inzwischen hatte sich das Kind verabschiedet und der Teenager übernahm mein Leben.

Was hatte sich verändert? Alles! Den Kinderschuhen entwachsen, bestand die Welt nicht mehr nur aus den vier Wänden meines Elternhauses. Dort draußen vor unserer Haustür lag mir das ganze Leben zu Füßen. Ich war eine sehr gute Schülerin, beliebt in der Schule, und die Jungen umschwirrten mich wie Motten das Licht. Die anderen Mädchen gaben alles, um sich als meine Freundin bezeichnen zu dürfen, und ich benutzte alle und jeden für die Erfüllung meiner Wünsche. Alles lief, wie es sollte, und doch reichte mir das nicht aus. Ich hatte andere Pläne, weitaus größere, interessantere. Natürlich hatte ich Hobbys wie jeder Jugendliche, und doch glichen sie nicht denen anderer in meinem Alter.

Neben den von meinen Eltern ausgesuchten Freizeitbetätigungen galt meine Vorliebe einzig und allein Serienkillern. Ich verschlang jeden Thriller, egal ob Buch oder auch Film, in denen sie die Hauptrolle spielten. Gegenüber berühmten Persönlichkeiten in diesem Bereich wie z. B. Ted Bundy oder auch Charles Manson empfand ich fast so etwas wie Hochachtung. Das, was mich aber am meisten faszinierte, waren die Beschreibungen über ihre Empfindungen, wenn sie jemanden umbrachten. Wie sie ihr Opfer leiden ließen und den Augenblick genossen, wenn es langsam den letzten Atemzug tat. Und ich empfand mehr als nur bloße Neugier oder Interesse; auch ich wollte erleben, wie es sich anfühlte, am Todeskampf eines Menschen teilzunehmen. Wollte diejenige sein, die ihm die Zerbrechlichkeit seines Lebens zeigte. Ja, ich hatte Irina sterben sehen, aber viel zu schnell hatte sie ihre Augen für immer geschlossen. Das konnte doch nicht alles gewesen sein!

Immer mehr Thriller las ich, tausende Informationen über meine Helden holte ich mir. Studierte jeden einzelnen bekannten Mordfall, der auf das Konto eines Serienkillers ging, bis ich bereit war für mein eigenes Opfer, mich auf die Suche nach ihm machte.

Es sollte nicht lange dauern, bis ich zwei genau dafür geeignete Menschen fand. Da war einmal dieser Junge, der bereits seit langer Zeit immer wieder in meiner Umgebung auftauchte. Gut aussehend und doch einsam ging er auf die gleiche Schule wie ich. Eigentlich hätte er der Schwarm aller Mädchen sein müssen, aber es umgab ihn etwas Düsteres, Geheimnisvolles, das die anderen davon abhielt, sich mit ihm einzulassen. Meine Person zog das im Normalfall eher an, allerdings hielt mich dieses Mal etwas in seinem Gesicht davon ab, seine Nähe zu suchen. Jedenfalls so lange, bis ich ihn brauchen würde. Dieser Junge, ich glaube, er hieß Marco oder Markus, kam also in meine engere Auswahl der geeigneten Opfer. Eigentlich war er perfekt für mich, doch durch einen Zufall entschied ich mich für den zweiten Kandidaten. Das Schicksal hatte ihn mir in die Hände gespielt, und dagegen konnte auch jemand wie ich nichts tun. Also tat ich, was getan werden musste.

So, genug geschrieben für heute. Ich klappte das Buch zu. Morgen war auch noch ein Tag. Ich wusste ja nicht, wie lange ich in diesem Gefängnis ausharren musste, bis ich meinem Entführer entgegentreten konnte.

32. Tamara, noch siebenundzwanzig Tage

Der Motor des alten Wagens schnurrte gleichmässig. Irgendwie wusste ich, dass ich hier richtig war. Hier, in diesem Ort. Der Heimat meiner Erinnerungen. Diese Gegend war in beiden Vergangenheiten vorhanden. In der von Pamina und auch in der von Tamara. Dies war wohl der Grund, warum ich mich hier immer sehr heimisch fühlte, immer das Gefühl hatte, dass hier der sicherste Ort der Welt sei. Ich musste es finden, das Haus meiner Geburt. Nur dort war es möglich, mit meiner Suche nach Kishara zu beginnen, und so fuhr ich in langsamem Tempo alle Straßen, Wege und Pfade dieser Gegend ab. Jeden Tag. Und jeden Tag entdeckte ich neue Strecken. Täglich fand ich einen neuen Wagen. Die Mühe, dass ich in die Stadt zu meiner Wohnung zurückkehrte, ersparte ich mir. Jeden Abend fuhr ich in benachbarte Orte und tauschte auf unbewachten Parkplätzen den fahrbaren Untersatz aus. Es war so einfach; die Menschen achteten nicht mehr darauf, ob sich jemand an einem Auto zu schaffen machte. Kriminelle Handlungen gehörten einfach zum Leben und wurden genauso akzeptiert wie das tägliche Aufgehen der Sonne. Die Nächte verbrachte ich auf einsamen Feldwegen, eingerollt auf der Rückbank des Autos, welches gerade meinen Zwecken diente.

Es war so schwierig, etwas zu suchen, woran ich nicht die leiseste Erinnerung hatte. Ein Haus, ein Garten, ein Leben. Doch ich vertraute meinem Instinkt. Denn das Unterbewusstsein, das bleibt immer, auch wenn noch so intensiv versucht wurde, meine Kindheit zu löschen. Dort, im geheimsten Winkel meines Gehirns, da fand keiner einen Zugang.

Nun suchte ich bereits drei Tage vergebens. Krampfhaft versuchte ich, Bilder zu bekommen, zu sehen, was ich suchte. Doch das war sinnlos. So versuchte ich es einmal anders. Ich startete den Wagen und fuhr einfach. An diesem Tag war es mir vollkommen egal, ob ich die Wege schon kannte, die Straßen mehrmals abfuhr. Mein Ziel würde mich rufen und ich würde folgen.

Die Stunden vergingen, die Sonne wanderte, und die Schatten wurden kürzer und dann wieder länger. Fast war ich so weit, dass ich für diesen Tag aufgeben und mich auf den Weg machen wollte, um ein neues Auto für morgen zu wählen. Doch dann sah ich es, eine Allee, eine langgezogene Straße, am Ende ein Haus. Groß und herrschaftlich rief es mich, damit ich näherkomme, endlich wieder nach Hause zurückkehre.

Von weitem sah es prachtvoll aus, doch umso näher ich kam, umso deutlicher sah ich, dass hier schon lange keiner mehr wohnte. Der Kiesweg zum Eingang war mit Unkraut überwuchert, die Fenster waren undurchsichtig, die Stufen zur Türe mit altem Laub und Erde bedeckt. Ich ließ den Wagen stehen und ging langsam die Stufen hinauf. Meine Hand streckte sich nach vorne und betätigte die Türklingel. Ein langer, schriller Ton, doch niemand kam und öffnete. Was hatte ich erwartet? Dass in einem unbewohnten Haus noch Personal vorhanden war und nur darauf wartete, dass Tamara heimkehrte? Langsam neigte ich wirklich zu ziemlich vertrotteltem Verhalten. Ich wollte gerade umkehren und aufgeben, da bewegte eine Windböe die Tür. Nur

ein klein wenig, doch es reichte, damit ich bemerkte, dass
sie unverschlossen war. Es befand sich kein Mensch in der
Nähe, und so konnte mich auch niemand davon abhalten,
dass ich das Haus betrat, wo alles begann.
Langsam schob ich die Tür auf und trat ein. Wieder herrschte das Vertraute vor und gab mir Sicherheit. Wovor sollte
ich auch Angst haben? Vor Kishara? Sie konnte überhaupt
nicht hier sein, sonst hätte Marco sich nicht solche Mühe
gemacht, mich zu finden und meine Erinnerungen zu wecken. Ich erwartete jedoch, dass in dem Haus alle Möbel-
stücke und Ziergegenstände mit weißen Tüchern abgedeckt waren, so wie es in alten Filmen immer gezeigt wurde, doch es war nicht ein einziges Tuch zu sehen. Alles wirkte so, als wäre es gerade erst verlassen worden. Der einzige
Hinweis auf eine lange Zeitspanne war, dass sämtliche Flä-
chen mit einer hohen Staubschicht bedeckt waren und
hunderte Spinnennetze zu sehen waren. Doch nach all den
Erlebnissen meines Lebens konnten solche Kleinigkeiten
mich nicht einschüchtern. Meine Schritte führten mich ziel-
strebig in das obere Stockwerk. Wenn ich irgendetwas über
Kishara herausfinden wollte, dann musste ich in ihr Zimmer.
Ich hatte keine Mühe, mich zurechtzufinden, denn nicht
eine einzige Lücke gab es mehr in meiner Vergangenheit,
und dies war das Haus meiner Geburt; hier kannte ich jeden Winkel.
Es war die erste Türe auf der rechten Seite und die einzige,
die blutrot lackiert war. Alle anderen im Haus waren weiß.
Sofort als mein Blick auf diese rote Türe fiel, kam die Erinnerung daran. Kishara hatte die Türe ohne Erlaubnis der Eltern
gestrichen. Dementsprechend war dann auch die Strafe

für sie ausgefallen. Doch sie war stur und eigensinnig. Mehrere Male gab meine Mutter den Auftrag an Handwerker, die Türe wieder weiß zu streichen, doch Kishara übermalte sie sofort wieder. Jedes Mal mit dem Erfolg, dass sie Hausarrest bekam, aber das war ihr egal. Ihre Lieblingsbeschäftigung war ja, ihre Geschwister zu quälen, und das ging mit Hausarrest auch.

Die Türe war verschlossen, doch ich erinnerte mich, wo Kishara üblicherweise den Ersatzschlüssel versteckte. Am anderen Ende des Flurs befand sich ein Abstelltisch. Kishara hatte in das eine Bein des Tisches in mühevoller Kleinarbeit einen Hohlraum geschnitzt, und in diesem steckte der Schlüssel. Ich legte den Tisch um, und tatsächlich, der Schlüssel rutschte aus dem Tischbein. Jetzt konnte mich nichts mehr aufhalten, endlich konnte ich das Reich meiner großen, bösen Schwester betreten.

Vorsichtig blickte ich vom Türrahmen aus in den Raum, doch was ich da sah, das glaubte ich einfach nicht. Der Raum war blitzsauber. Nicht ein einziges Staubkorn war hier zu sehen, nicht eine einzige Spinnwebe, und die Fenster – sie waren so klar, als wären keine Scheiben vorhanden. Wie war das möglich? Es waren im ganzen Haus keine Spuren zu erkennen, dass jemand hier gewesen wäre oder es auch nur betreten hätte. *Wie ist Kishara in ihr Zimmer gekommen, ohne den Flur oder die Stiegen zu betreten?* Ich war ganz sicher, dass nur Kishara selbst hier gewesen sein konnte, denn mitten im Zimmer stand ein großer Käfig. Und in diesem Käfig waren zwei Ratten. Weiße Ratten. Und die Ratten lebten, sie waren sogar quicklebendig. Ihre Futterschüssel war vollgefüllt und im Wasserbehälter befand sich frisches und kühles Wasser. Ich konnte den Beschlag auf dem Behälter sehen, der bei einem Temperaturunterschied entsteht.

Jetzt allerdings war es aus mit meiner inneren Ruhe, denn Flashbacks an Vergangenes holten mich ein. Während ich auf die Ratten im Käfig starrte, blitzten sie auf, die Bilder. Grausam und erbarmungslos.

Blitz! Ich auf einer Art Rollstuhlliege im Flur, Kisharas Zimmertüre offen. Mein Blick in diesen Raum. Ich sehe sie! Sie hält mit einer Hand Nikolai an den Beinen in die Höhe, sein Kopf nach unten. In der anderen Hand eine Stecknadel. Sie lässt das Baby hin- und herschwingen, und immer, wenn es bei ihrer Hand vorbeischwebt, sticht sie zu.

Blitz! Ein markerschütternder Schrei! Unsere Nanny fällt die Stufen mit lautem Gepolter hinunter. Regungslos bleibt sie dort liegen und Blut – viel Blut – rinnt aus ihrem Kopf. Kishara oben am Geländer, sie lacht! Laut und irre.

Blitz! Die Puppe schwebt, ich will sie greifen, doch meine wackeligen Beinchen treten ins Leere.

Blitz! Mutter wird immer blasser, dünner, kränker. Kishara schüttet immer ein Pulver in ihren Tee. Jeden Tag. Ich möchte es jemandem sagen, doch meine Sprache gehorcht mir nicht. Regungslos muss ich es mit ansehen. Wehrlos und einsam.

Ich stoße einen lauten Schrei aus! Will diese Bilder nicht mehr sehen! Langsam sinke ich in mich zusammen, kauere am Boden in dem Zimmer meiner Schwester. Die Hände auf das Gesicht gepresst, um die Bilder der Vergangenheit zu vertreiben.

Endlich hört es auf, und meine Hände geben meinen Blick

wieder frei.

Ich schaute genau zu den Ratten hin. In ihren Käfig. Die Tiere sahen verschreckt aus, aber das war ja kein Wunder nach meinem Schrei. Um sie zu beruhigen, wollte ich sie streicheln, doch als meine Hand in den Käfig griff, wichen sie erschrocken zurück. Dabei kam ein Stück des Zeitungspapiers zum Vorschein, das den Boden unter der Streu bedeckte.

Nun sah ich die Ratten nicht mehr, den Käfig nicht mehr, sondern nur das große Inserat auf dem Zeitungsblatt: „Tierklinik Kishara".

33. Kishara, heute

Paul Emil Augustus Schneider; trotz der langen Zeit, die verstrichen ist, seit ich das letzte Mal diesen Namen hörte, erinnere ich mich bis heute an ihn, als ob es erst gestern gewesen wäre. Wie könnte ich ihn auch vergessen?
Die Lachnummer Nr. 1 in der Nachbarschaft. Es gab niemanden, der nicht gerne seine Witze über diesen alten Herrn machte. Klein, die Brille mit einem kaputten Glas auf der Nase, kaum noch Haare, extrem hohe Stimme, alles in allem ein wenig schräg wirkend, lebte er alleine in einem heruntergekommenen Einfamilienhaus. Einer von vielen anderen Verlierern in dieser Welt und im Prinzip nichts Besonderes. Unter anderen Umständen wäre ihm niemals die Ehre zuteil geworden, dass ich ihm Beachtung schenkte. War er doch viel zu unwichtig, um einen Gedanken an ihn zu verschwenden, geschweige denn, ihn in eine langwierige und schwierige Planung eines Mordes einzubeziehen. Wäre da nicht ein Vorfall gewesen, der mich einen intensiveren Blick auf ihn werfen ließ. Dieses kleine Mädchen – wie hieß sie denn noch gleich? Egal, sie spielte sowieso, so unbedeutend und völlig uninteressant wie sie war, nur eine Nebenrolle. Im Gegensatz zu meinem Herrn Schneider.
In Tränen aufgelöst, viel zu spät nach Hause kommend, erzählte die Kleine eines schönen Tages ihrer Mutter von den Schweinereien des alten Lüstlings. Ihr Ball war beim Spielen über den Zaun in Herrn Schneiders Garten geflogen. Sie sei auf sein Grundstück gelaufen, um ihn wieder zu holen. Doch da stand der böse Mann, den Ball in der Hand und rief sie zu sich. Aber statt ihr den Ball zu geben, hielt er

das Mädchen an den Armen fest und betatschte es an ihrer Mumu. Gott sei Dank hatte sie sich von ihm losreißen und auf die Straße flüchten können. Ein Passant brachte das völlig verängstigte Mädchen dann zu ihrer Mama. Der nette Spaziergänger hatte zwar nichts von dem schlimmen Vorfall beobachtet, aber das Mädchen völlig aufgelöst von Herrn Schneiders Haus wegrennen sehen.

Mit vierzehn Jahren benötigte ich keine Erklärung, was eine Mumu und wie verachtenswert Herrn Schneiders Verhalten gewesen war. Eine Thematik, die sich ständig in irgendwelchen Filmen wiederholte, die ich bereits mit zehn Jahren gesehen hatte. Der böse Nachbar, der das süße, kleine Mädchen unsittlich berührte, wie langweilig erschien mir das. Aber dennoch entpuppte es sich als absoluter Glücksfall für mich.

Wie sich bereits vermuten ließ, begann kurze Zeit später, nachdem das Mädchen immer wieder beteuerte, die Wahrheit zu erzählen, die Hetzjagd auf unseren Dorfnarren. Die Polizei wurde eingeschaltet, aber sie schien nicht wirklich der Kleinen zu glauben. Man hörte von Widersprüchen, in die sie sich verstrickt haben sollte. Auch Herr Schneider wurde zu einem Verhör auf das Revier gebracht. Doch die Polizei schien ihm nichts nachweisen zu können, und so ließen sie den Sittenstrolch sehr bald wieder in Ruhe.

Das Dorf bebte vor Entrüstung, jedoch keiner von den Bewohnern hatte den Mut, etwas gegen ihn zu unternehmen. Gut, dass es mich gab. Ganz ehrlich gesagt, mir war es scheißegal, ob dieses Mädchen log oder die Wahrheit sagte, ob Herr Schneider unschuldig oder wirklich ein pädophiler alter Sack war, all das interessierte mich nicht die Bohne.

Das, was mich beschäftigte, etwas viel Wichtigeres, war die Erkenntnis, dass sich durch diese Geschichte für mich komplett neue Welten der Erforschung des Todes eröffneten. Niemand, und ich betone, nicht einmal eine Person, würde diesem geächteten Menschen eine Träne nachweinen, geschweige denn ihn vermissen. Eher mir sogar Beifall spenden und mich animieren, mein Vorhaben wirklich in die Tat umzusetzen. Man musste nur ihren Gesprächen auf der Straße lauschen, um zu wissen: Würden wir noch im wilden Westen leben, hätte ich keine Chance, ihn umzubringen. Das hätten bereits viele andere vor mir erledigt.

Trotzdem bedurfte es einer sehr genauen Planung des Ablaufes meines netten, kleinen Projektes. Und auch hier spielte mir die Göttin Fortuna alles Notwendige zum Gelingen in die Hände.

Shadow, der Schäferhund von meinem Auserwählten, spazierte eines Nachmittags auf unserem Grundstück herum. Laut hörte ich Herrn Schneider nach ihm rufen und wusste, dass die Gelegenheit, die ich brauchte, jetzt gekommen war. Ich schnappte den Hund am Halsband, und Shadow folgte mir bereitwillig zum Haus seines Besitzers. Überschwänglich bedankte sich dieser bei mir und bat mich reinzukommen und einen Kakao zu trinken. Jedes andere Mädchen wäre vor ihm davongerannt, doch ich konnte mein Glück kaum fassen. Er selber lud mich in sein Leben ein, um ihn und seine Schwächen auszukundschaften. Ich benötigte nur einen Besuch, um genau zu wissen, wo ich mit der Planung anzusetzen hatte – so einfach und schon fast zu simpel. Herztabletten!! Der Gute war schwer herzkrank. Während ich meinen Kakao, der übrigens sehr gut schmeckte, trank, erzählte er mir, dass er regelmäßig seine Medikamente nehmen musste. Auf keinen Fall durfte er sich aufregen, denn das würde den Tod für ihn bedeuten.

Na, verstanden? Aufregung – herzkrank – Tabletten? Jeder einigermaßen logisch denkende Mensch wusste, was ich zu tun hatte. Während Herr Schneider mir die Ohren volljammerte über sein Leid und die Lügen, die andere über ihn in die Welt setzten, ergriff ich seine Hand und schaute ihn mitleidig an. Es fiel mir allerdings schwer, meine Begeisterung über das, was er mir erzählte, zu verbergen.

Kurze Zeit später stand er auf, und ich beobachtete, wie er aus dem Küchenschrank eine Pillenbox mit seinen Tabletten nahm. Dabei erklärte er mir lang und breit, wie wichtig es war, dass er sie pünktlich einnahm. Plappernd wie ein Waschweib gab er mir alle Informationen, die ich benötigte, um mir meinen Herzenswunsch zu erfüllen.

Eine Woche später war der gute Herr tot.

Ich gebe zu, es nervte mich jeden Tag, heimlich zu ihm zu schleichen und mir sein sinnloses Gerede anzuhören. Aber auch ich musste Opfer bringen, um mein Ziel zu erreichen. Am letzten Tag nahm ich einfach seine Tabletten aus der Pillendose, während er mit Shadow in den Garten ging. Ich stopfte sie mir in die Hosentasche und setzte mich an den Tisch. Danach hieß es nur noch auf seine Rückkehr zu warten.

Als Herr Schneider wieder die Küche betrat, begann ich meine Rolle der Femme fatale zu spielen. Völlig überrascht ließ er sich auf den Stuhl am Tisch fallen und starrte mich an. Der kleine, perverse Kerl konnte gar nicht anders, als ich mich vor seinen Augen langsam meines Shirts und des BHs entledigte. Sinnloses Gerede kam aus seinem Mund, aber ich ließ mich auch durch seine abwehrenden Hände nicht beirren, setzte mich im Reitersitz halbnackt auf seinen Schoß und bewegte langsam aufreizend mein Becken hin und her. All das hatte ich in einem Thriller gelesen, einstudiert und spielte es jetzt nur Punkt für Punkt nach. Der Trottel wurde puterrot. Obwohl ich das harte, eklige Ding in seiner Hose fühlte, versuchte er, mich mit aller Macht vom Schoß zu schubsen. Tja, die Aufregung und gleichzeitig die Anstrengung waren definitiv zu viel für ihn und sein Herz. Hatte ich doch in weiser Voraussicht einen Zeitpunkt gewählt, an dem er seine Tabletten nehmen musste. Mit knallrotem Kopf, völlig außer Atem, keuchend die Hand an den Brustkorb gepresst, bettelte er darum, dass ich ihn in Ruhe ließ. Ich tat ihm den Gefallen und stieg langsam von seinem Schoß. Die Pillen aus der Hosentasche nehmend schaute ich ihm zu, wie er zum Küchenschrank taumelte und die Medikamentendose herausnahm.

Die Erleichterung in seinem Gesicht, als er hoffnungsvoll die Pillenbox öffnete, das Erschrecken bei der Erkenntnis, dass sie leer war, brachte auch mein Herz vor Freude zum Rasen. Ein Röcheln, der Zusammenbruch, seine letzten sterbenden Worte, die nach Hilfe riefen – und ich, wie ich langsam meine Hand öffnete und ihm die für ihn unerreichbaren Tabletten hinhielt – Was für ein Finale! Ich saugte jede Einzelheit in mich auf, speicherte sie ab, und es fiel mir schwer, zu der alten, dumpfen Welt zurückzufinden.

Dies war also der Tod eines Menschen, dieses war aber auch das, was für mich bedeutete, das Leben zu fühlen. Schon in dem Augenblick, als ich leise das Haus verließ, zum letzten Mal einen Blick auf Herrn Schneider warf, ahnte ich, dass es für mich nie wieder etwas Besseres geben würde.

Ein Schalter war in meinem Kopf umgelegt worden, und ich freute mich schon jetzt darauf, ihn nochmal zu betätigen.

Niemand hatte mich jemals bei Herrn Schneider gesehen. Es gab keine Nachforschungen, keine offenen Fragen. Ein Herzinfarkt, nichts weiter. Ein ungeliebter Mensch war gestorben, und wen interessierte es schon, ob eventuell meine Finger mit im Spiel gewesen waren.

Später lernte ich, dass ich doch sehr laienhaft vorgegangen war. Hätte es irgendwelche Bedenken bei den anderen Leuten gegeben, man wäre mir sehr schnell auf die Schliche gekommen. Aber he – er war doch nur ein perverser Pädophiler, dessen Herz sich eben verabschiedet hatte. Mehr nicht.

Das, was noch von Herrn Schneiders Existenz übrigblieb, das einzige Wesen, das ihn wirklich jemals geliebt hatte, Shadow, fand sehr schnell ein neues Zuhause: meines!

34. Tamara, noch 19 Tage

Trotz all ihrer bösen Gedanken und Pläne hatte sie diesmal einen Fehler gemacht. Meine liebende Schwester. Ihre eigene Adresse auf der Zeitung zu übersehen und diese dann auch noch in den Rattenkäfig zu legen. Sehr unvorsichtig!

Seit Tagen beobachtete ich die Praxis. Merkte mir Zeiten und Personen, sogar die Tiere prägte ich mir ein. Kishara – eindeutig. Dieses Gesicht vergisst man nicht. Sie ist nur erwachsen geworden, größer, aber die Züge, die kalten Augen, der Gang, all das hatte sich nicht verändert. Ihr Leben war minutiös geplant. Täglich, auf die Sekunde genau, erschien sie und öffnete ihre Tierarztpraxis für die haarigen Patienten. Interessanter Weise wirkte sie auf mich nicht mehr so böse. Früher, als Kind, da strahlte sie das Abartige richtig aus. In ihrer Nähe wurde mir immer kalt, und die Angst vor ihren perversen Ideen kroch mir über den Rücken. Dieses Empfinden hatte ich nun nicht mehr. Konnte es sein, dass sie sich verändert hatte, dass sie nun auf der guten Seite des Lebens war?

In etwa zwei Wochen würde sie Urlaub machen und die Praxis schließen. Ein perfekter Zeitpunkt für mein Vorhaben. Marco hatte mir einige Briefe in den Postkasten gelegt, doch ich öffnete sie nicht mehr. Seine Anweisungen und Wünsche waren mir egal, denn jetzt wusste ich selbst, was ich zu tun hatte. Kishara musste einfach für ihre Taten büßen. Die Menschheit von ihr befreit werden.

Damals beherrschte Kishara mit ihren durchtriebenen Machtspielchen alle. Immer mehr breitete sich das Böse in ihr aus. Irgendwann war ihr das nicht mehr genug und sie steigerte die Qualen der Menschen - sie tötete.

Meine Informationen reichten aus; ich konnte endlich damit beginnen, meine Vorbereitungen zu vervollständigen. Es gab einiges zu besorgen. Vor allem belustigte mich der Gedanke daran, dass ich sie mit ihren eigenen Waffen besiegen konnte. Ihre Praxis sah zwar von der Straßenseite aus gesehen sehr abgesichert aus, jedoch befand sich auf der Hofseite ein Nebeneingang. Wohl nur dazu gedacht, etwas Frischluft durch die Räume ziehen zu lassen. Diese Türe war aus altem, morschem Holz und hatte nur ein sehr einfaches Schloss. So eines, das mit einer Haarnadel zu öffnen war. Wohl hatte der Hof einen gut gesicherten Zugang, der einen Einbrecher vielleicht abschrecken konnte, doch das Fenster des Treppenhauses war ungesichert. Interessant, was Menschen bei ihren Sicherheitsvorkehrungen alles übersehen.

Gelassen schlenderte ich durch die Straßen des Ortes, gönnte mir einen guten Cappuccino, betrachtete Schaufenster und wartete, bis die Ordinationszeit bei Kishara zu Ende war. Pünktlich auf die Minute wartete ich an der nächstgelegenen Straßenecke, bis alle die Praxis verlassen hatten, mein liebes Schwesterchen abschloss und sich in Richtung ihres Hauses bewegte. Zehn Minuten wartete ich noch, denn ein wenig Sicherheitsabstand schadete nicht. Dann ging ich zum Haustor, welches zum Treppenhaus führte und mir den Weg zu Kisharas Reich öffnete. Es war unverschlossen. Schnell schlüpfte ich durch das Tor. Das Treppenhaus war ruhig und verlassen, das Fenster zum Hinterhof geöffnet. Ein Blick nach unten bestätigte mir, dass mich nur ein Meter vom Boden im Hof trennte. Ich kletterte durch das Fenster und sprang hinunter.

Das Tageslicht war nur noch schwach und alle Fenster der oberen Stockwerke waren dunkel. Sehr gute Bedingungen für mein Vorhaben. Der Hinterhof war klein und von Hausmauern umgeben. Eher ein Lichthof und nicht zur Nutzung gedacht. Eine sehr gute Idee früherer Baumeister – zumindest für Einbrecher ausgesprochen praktisch.

Zum Öffnen der Türe verwendete ich einen Draht, den ich bereits vorbereitet hatte, damit er als Schlüsselersatz dienen konnte. Wie vermutet dauerte es nur zwei Minuten und das Schloss war offen. Im Inneren des kleinen Vorraumes war es düster, und ich brauchte einige Augenblicke, um mich daran zu gewöhnen. Gleich hier stand ein Medikamentenschrank. Die Türe weit offen. Es dachte wohl keiner von Kisharas Mannschaft daran, dass ein Einbrecher genau an diesem Inhalt großes Interesse haben könnte. Morgen war Mittwoch und Mittwoch war Operationstag. Auf einem Silbertablett lagen die vorbereiteten Narkoseinjektionen, und sie waren bereits gefüllt und mit kleinen Namensschildern der betroffenen Tiere versehen. Praktisch. Mit einem Griff nahm ich das gesamte Tablett heraus und schüttete den Inhalt in meine Tasche. Diese Menge an Narkosemittel war bestimmt ausreichend, um mein Schwesterlein für einige Stunden ins Land der Träume zu schicken.

Ich verließ den Ort von Kisharas neuem Leben auf demselben Weg. Nun noch ein kleiner Besuch bei meinem Hausarzt. Er besaß im Warteraum eine Sammlung alter Ordinationsutensilien. Darunter einen schönen Satz alter Fieberthermometer. Um diese Uhrzeit fanden sich nie viele Patienten ein. Das Wartezimmer war sicher menschenleer, und da er sich keine Sprechstundenhilfe leisten wollte, würde mich kaum jemand erwischen, wenn die Thermometer den Besitzer wechselten.

Endlich war ich zurück in meiner Wohnung. Ein sehr anstrengender, aber durchaus spannender Tag ging dem Ende zu. Glücklich über meinen Erfolg breitete ich meine Beute auf dem alten Küchentisch aus. Ein wunderbarer Anblick. Alles, was notwendig war, hatte ich. Die Fieberthermometer legte ich in eine Schüssel, mit der Spitze nach unten. Um kein Risiko einzugehen, zog ich ein paar dünne Stoffhandschuhe und darüber Haushaltshandschuhe an. Dann schlug ich mit einem kleinen Hammer die Spitzen der Thermometer ab. Nett und lustig sah das aus, als die kleinen Quecksilberkügelchen in die Schüssel rollten und sich zu größeren verbanden. Dann fischte ich diese mit einem Löffel aus der Schüssel und verteilte sie auf fünf kleine Plastikbeutel, die ich mit dem Einschweißgerät zuschweißte. Fünf sehr kleine silberne Polster lagen nun vor mir. Sehr hübsch anzusehen, aber sehr tödlich.

Meine alte Kuscheldecke, die mit den vielen verschiedenen Stoffflicken, musste leider dem guten Zweck geopfert werden. Ich trennte die Naht von fünf dieser Flicken auf und steckte jeweils eines dieser kleinen Polster hinein, dann nähte ich die Flicken wieder fest. Perfekt. Sicher wird diese Decke meine Schwester gut wärmen, wenn sie tief und fest schläft. Sie hat mich in meiner Kindheit so oft zugedeckt, damit niemand die Verletzungen sah, die sie mir zufügte. Nun war es an der Zeit, dass ich sie zudeckte, damit sie nicht fror. Sonst könnte sie sich eine Erkältung zuziehen. Das wäre unverzeihlich.

35. Kishara, heute

„*Shadow*". Ich merkte, wie sich ein Kloß in meinem Hals bildete und mir die Luft abschnürte. Was passierte hier mit mir? Nur ein Name, ein Hund nichts weiter. Nicht Wichtiges, nichts, was jetzt in diesem Moment alles zerstören durfte. Ich musste doch ruhig bleiben, durfte keinen Laut von mir geben. Mein Plan hatte oberste Priorität. Ich würde ihn durchziehen, so wie ich es immer getan hatte. Damals, als Kind, als Jugendliche, bin ich nie davon abgewichen, hatte keine Kompromisse gemacht, und es war doch gut, stark zu sein, gut, nichts zu empfinden.

War es das? Warum befiel mich das Gefühl, eine Schwindlerin zu sein, die ihrem eigenen ersponnenen Lügenmärchen erlag? Weshalb musste ich jetzt in diesem Moment, in dem ich hier alleine in dem Keller auf einer dreckigen Matratze lag, an diesen blöden Hund denken und gegen meine Tränen ankämpfen? Falsch, so falsch, so ging das nicht, ich verlor gegen meinen Widersacher.

Mit aller Gewalt presste ich meine Augenlider zu – umsonst. Sie kämpften, wie eine eigenständige Person, gegen meinen Willen an und begannen zu zucken. Unmöglich so zu verbergen, dass ich nicht schlief, ein Leichtes, es durch die Kamera zu sehen. *Nein, ich bin die Starke, die Gerissene, die Schlaue, die immer gewinnt*, hämmerte es in meinem Kopf. Auch hier und jetzt musste ich mein Wissen dafür nutzen, gegen meine Gefühle anzukämpfen. Ich schaffte das ganz bestimmt. Niemals würde ich aufgrund einer lächerlichen Erinnerung an einen Hund scheitern. Es klingt verrückt, ich weiß, aber ich schwöre, ich fühlte, wie die frühere Kishara sich von mir verabschiedete. Beinahe meinte ich, sie lächelnd winkend davongehen zu sehen, und zurück blieb nur das Bild von meinem Hund.

Ich schluckte, als ich ihn immer deutlicher vor mir sah, und ob ich es wollte oder nicht, der Knoten in meinem Hals löste sich. Ich schaffte es nicht mehr, still zu sein. Hemmungslos begann ich zu weinen. Egal, ob mein Plan misslang, egal, ob ich verlor. Ich war doch schon lange Zeit verloren im Leben.

Hysterisch schrie ich auf, als ich spürte, wie etwas mich berührte, zart an meinen Beinen strich und einfach über sie hinwegrannte. Herrgott nochmal, warum benahm ich mich wie eine verängstigte dumme Kuh? Ich wusste doch, dass es nur die Ratten sein konnten. Aber ich verstand es ja selber nicht, warum alleine der Gedanke an sie mein Herz heftiger klopfen ließ. Ich hatte Angst, wahnsinnige Angst. Panisch trat ich mit den Beinen um mich. *Weg, geht weg, lasst mich in Ruhe, ihr Mistviecher.* Ich hasste sie. Aber ich liebte doch Tiere. Was geschah mit mir? Ich war doch die Tierärztin, oder war ich die Kishara von damals oder jemand ganz anders? In meinem Kopf lief nichts mehr so ab, wie es sein sollte. Nein, es lag nicht an dem Tablettenentzug. Ein Hund, ein verdammter Hund, holte mich zurück zur Menschlichkeit.

Lass mich, geh fort, bleibe bei mir, verpiss dich, will nicht fühlen, will das nicht. Sinnlos vor mich hin brabbelnd lag ich da und hatte nichts mehr unter Kontrolle. Endgültig riss ich meine Augen auf und starrte direkt ins Licht. Tränen liefen mir immer weiter übers Gesicht und es tat mir weh, von der Helligkeit geblendet zu werden. Doch ich wendete meine

Augen nicht ab, ich wollte die Schmerzen fühlen. Qualen, so wie die, die damals alles veränderten.

„Schreib, wenn du leben willst!"

Wer sprach da zu mir? War ich es, die das gesagt hatte? Nein, ich würde nicht mehr schreiben. Es war egal, ob er mich umbrachte oder ich weiterlebte. Ich war doch bereits tot. Die frühere Kishara hatte gewonnen, ihren Platz an der Oberfläche meines Verstandes nach all den Jahren zurückerobert. Nie würde ich damit weiterleben können, was ich über mich selbst erfahren hatte.

Ich brauchte Hilfe, jetzt in diesem Moment, solange ich wieder die Gleiche war, die man hier vor Stunden eingesperrte. Es würde nicht so bleiben. Nur eine Frage der Zeit, dass ich wieder verschwand, mich verlor, wieder dieses inhaltlose Böse von damals wurde. Egal, wie ich mich dagegen wehrte, die Kishara aus der Vergangenheit hatte doch schon gewonnen!

Sie hatte nicht lange gebraucht, nur wenige Stunden Gefangenschaft, um mich zu verdrängen, und sehr schnell die Hauptrolle übernommen. *Erinnere dich, erinnere dich – lass sie nicht gewinnen, du musst alles zurückholen.* Kaum verständlich flüsterte ich die Worte vor mich hin.

Was zurückholen? Noch mehr Erinnerungen an Morde oder wie ich andere gequält hatte?

Warum tat mir die Erinnerung an Shadow so weh, warum?

Wieder spürte ich etwas an meinen Beinen und ich zuckte zusammen. Ohne hinzusehen, blitzten Bilder von Ratten in meinem Kopf auf. Viele weiße Ratten, die an meinem Körper hochkrabbelten und zubissen ... Immer wieder, ich sah Blut meine Beine herunterfließen. Fühlte Schmerzen von ihren Zähnen auf meiner Haut, obwohl es nicht sein konnte. Diese beiden Ratten waren nur neugierig. Sie taten nichts, hatten einfach nur Vertrauen zu mir gefasst.

Und wieder sah ich Shadow vor mir. Wir beide zusammen auf dem Rasen meines Elternhauses am Spielen, Toben und wie er auf mich zurannte. Mir in die Arme sprang, und ich lachte und lachte. Das Glück, das ich empfand, als wir zusammen auf dem Gras herumrollten, sein nasses Fell in meinem Gesicht. Seine Schnauze, mit der er in meinen Haaren herumschnupperte. Shadow, mein Shadow und Marco ...

Die Ratten kamen noch näher heran. Ich hörte ihre trippelnden Schritte auf dem Steinfußboden. Sie wollten mein restliches Brot ergattern, und solange ich mich nicht bewegte, würden sie mir nichts tun. Ich drehte meinen Kopf weg vom Licht. Zur Seite gewandt, konnte ich im ersten Moment nichts erkennen. Zu groß war der Unterschied von den Lichtverhältnissen. Doch dann sah ich sie. Direkt vor mir stand sie da, und ihre roten Augen starrten mich an. Sie schien zu sagen: „Ich weiß, was du getan hast, und ich weiß, wer du wirklich bist. Doch du sollst dich erinnern, wer wir sind. Erinnere dich, du Miststück, erinnere dich!"

„Raus! Ich will hier raus!"

Niemand würde meine Schreie beachten und mir helfen. Ja, ich erinnerte mich, und ich verstand: Es war Marco, der mich hier eingesperrt hatte. Marco, mein Widersacher, Marco, der, genau wie ich damals, Vergnügen daran empfand, andere zu quälen. Marco, der Schatten meiner Vergangenheit.

Ich gab auf, ließ die Erinnerungen erneut auf mich niederprasseln. Bereit, daran zu zerbrechen.

36. Tamara, kurz vor dem Zusammentreffen

Dieses elende Warten. Tage, die dahinschlichen und nicht enden wollten. Zwar hatte ich noch einiges zu erledigen, aber dies füllte meine Zeit einfach nicht wirklich aus. Immer größer war die Vorfreude auf das, was da kommen würde. Immer größer mein Bedürfnis, Kishara leiden zu lassen, sie zu quälen. Jetzt war der Tag gekommen, an dem ich meinen Plan zu Ende bringen konnte, denn heute war der letzte Tag vor der Urlaubsschließung der Tierarztpraxis.

Mein Nachbar war einige Wochen ins Ausland gereist und hinterlegte seine Wohnungsschlüssel bei mir. Nur für den Fall, dass etwas in seiner Wohnung passierte, also Wasserrohrbruch oder Einbruch. Sein Auto stand in der Garage, und der Autoschlüssel lag in seiner Wohnung. Er konnte nichts dagegen machen, wenn ich mir den Wagen für einige Zeit lieh. Er war ja nicht da, und wenn er zurückkam, dann war wieder alles so, wie er es verlassen hatte. Den Wagen parkte ich bereits vor Tagen genau vor Kisharas Eingangstüre der Ordination. Im Kofferraum lag die Decke bereit, damit mein Schwesterherz gut gewärmt ihre Reise in die Dunkelheit antreten konnte.

Auch der Weinkeller nahm einiges meiner Zeit in Anspruch. Einen Teil der von mir aufgebauten Zwischenwand entfernte ich. Die Ziegel davon habe ich zerschnitten. Mit einer Trennscheibe drei Zentimeter von jedem Ziegel abgetrennt. Dann hinter der gesamten Wand eine Holzwand eingebaut und darin eine Türe. Die Ziegelstücke klebte ich mit Fliesenkleber an diese Türe. Es sah von der Kellerseite aus, als wenn die Wand vollständig wäre. Ohne Eingang. Doch von der alten Eingangsseite konnte ich durch die Türe in den Keller. Mein Werk gefiel mir sehr gut. Kishara würde nie darauf kommen, dass hier der Ein- und Ausgang lag. Auch einen wunderbar kuscheligen Schlafplatz richtete ich für sie her. Ich wusste, dass sie sich vor Schmutz extrem ekelte. Daher machte ich mir die Mühe und besprühte alles mit dem Wasser aus einer Regenpfütze, die genau neben einer Jauchegrube lag. Ein herrlicher Gestank breitete sich aus. Ein wenig Lehm vom Acker nebenan auf der Matratze sah auch sehr fein aus. Natürlich durften auch die feinen Härchen der Hagebuttenkerne nicht fehlen, wurden diese doch in unseren Kindertagen sehr gerne als Juckpulver von ihr an Nikolai und mir ausprobiert. Sie würde ihre Freude haben und angenehm schlafen.

Nur noch ein paar Stunden. Zurück gingen meine Gedanken an die Zeit mit Kishara und Nikolai. Ich, bewegungsunfähig, an den Rollstuhl gefesselt. Doch die Nächte, die waren anders. Wenn ich einschlief, dann träumte ich. Träumte davon, dass ich gehen konnte, sprechen konnte. Jede Nacht löste ich mich von meinem gelähmten Körper und ging durch das Haus. Ich besuchte jedes Zimmer, sah mir jene schlafenden und bewegungslosen Körper an, die tagsüber machen konnten, was sie wollten. Auch ich wollte im Sonnenlicht laufen! Wollte singen und Antworten geben. Doch wenn ich wach wurde am Morgen, dann konnte ich nicht. War in einer Hülle gefangen.

Nikolai, so süß, wenn er schlief. Eingerollt lag er da in seinem Bettchen, ruhig und gleichmäßig atmete er. Doch sein Gesicht, dieses süße kleine Babygesicht, das lächelte nicht. Sein Mund war zusammengepresst, seine Augenbrauen hatten diese düstere Linie. Hin und wieder war anstelle eines Atemzuges ein Seufzer zu hören. Er litt. Er durchlebte im Traum immer wieder die Gemeinheiten seiner Schwester. Fühlte nochmal die Schmerzen, die sie ihm zufügte. Leicht streichelte ich zärtlich über sein kleines Köpfchen, und eine Träne bildete sich in meinen Augen, rann langsam meine Wange hinunter und tropfte auf Nikolais Bauch.

Vater. Alleine in einem Zimmer. Seit meinem Unfall ertrug er kaum Menschen in seiner Nähe. Tagsüber setzte er eine Maske auf, versuchte das zusammenzuhalten, was einmal seine Familie war. Er konnte sich nicht verzeihen, dass er eine Tochter in die Welt gesetzt hatte, die einfach nur das Böse war, und dass er an sie seine Liebe vergeudet hatte.

Mutter. Wie klein und schwach sah sie aus in diesem riesigen Bett. Kisharas Mittelchen dürften ihre Wirkung haben. Auch sie gab sich die Schuld an dem Dilemma. Hatte keine Kraft mehr zu leben. Ich sollte sie befreien.

Kishara. Sie, die Erstgeborene. Sie, die glaubte alle Rechte auf ihrer Seite zu haben. Sie, die glaubte, dass sie die einzig Wichtige war auf dieser Welt. Sie glaubte, dass sie alles im Griff hatte, dass sie über alles herrschte. Neben ihrem Bett stand ihre Tasche, und ich konnte der Versuchung nicht widerstehen, hineinzugreifen. Sie war leer, bis auf einen kleinen Beutel. In ihm waren weiße Tabletten. Unscheinbar auf den ersten Blick. Doch ich wusste, dass es die waren, die sie zerbröselt an unsere Mutter verabreichte. Ich nahm den Beutel an mich und ging damit ins Badezimmer. Mutters Tablettenfläschchen stand dort. Diese Tabletten sollten sie stärken, also nahm sie diese täglich ein. Ich leerte das Fläschchen. Gab Kisharas Tabletten hinein und die richtigen Tabletten in Kisharas Beutel. Dann trug ich den Beutel zurück. Jetzt war es berichtigt. Kishara gab auf diese Weise unserer Mutter das Richtige.

Die Nacht war anstrengend, und so begab ich mich zurück in mein Bett und schlief weiter. Ich schlief den Schlaf, der mich wieder unbeweglich erwachen ließ.

Durch meine Gedankenreise rückte die Zeit näher, und bald, sehr bald, konnte ich Schwesterchen mitnehmen in meinen schönen Keller.

Ich liebte Sicherheit, und daher war es für mich wichtig, dass ich einen Ersatzplan hatte. Einen, der mir eine Türe offen ließ, falls es in der Tierklinik schiefging. Natürlich hatte ich auch das Haus von meinem Schwesterchen ausspioniert. Es war nicht weit entfernt und Kishara sehr unvorsichtig. Sie schloss ihre Haustür nie ab, sondern ließ sie nur ins Schloss fallen. Natürlich war keine Klinke an der Außenseite montiert, aber leichtsinnig war das schon. Ich hatte noch ausreichend Zeit, und so spazierte ich zu Kisharas Heim. Übung im Schlösserknacken hatte ich ja in den letzten Wochen genügend gesammelt, und so brauchte ich nicht einmal eine Minute, um in die Wohnung zu gelangen. Mühelos fand ich mich in den tadellos aufgeräumten Zimmern zurecht. In meiner Handtasche befand sich eine Packung Schlaftabletten. Die hatte ich bereits vor Monaten von meinem Hausarzt bekommen, jedoch nie verwendet. Eine gute Gelegenheit, um die Wirkung auszuprobieren. Bestimmt fand ich in der Küche ein passendes Lebensmittel, mit dem sie geschmacklich gut harmonierten. Ein kulinarisches Erlebnis mit traumhaften Nachwirkungen für Kishara. Ich hatte einfach eine Glückssträhne, denn in der Küche stand eine angebrochene Flasche Wein. Es fehlte ungefähr ein Glas davon. Mit meinem Taschenmesser zerkleinerte ich einige der Tabletten und gab den „Schlafstaub" in den Wein. Rasch kontrollierte ich noch, ob ich alles so zurückließ, dass mein Eindringen unbemerkt bleiben würde und verließ das Haus so leise, wie ich es betreten hatte. Nun wurde es Zeit, dass ich mich zu Kisharas Arbeitsstelle hinbewegte.

Einige Zeit wartete ich auf der gegenüberliegenden Straßenseite. In einem unbeobachteten Augenblick huschte ich hinüber und schlüpfte durch das Haustor, damit ich zur rechten Zeit durch die Hintertür zu Kishara konnte. Ich brauchte im Lichthof nur darauf zu warten, dass ihre Angestellte nach Hause ging und sie alleine war. Kishara war immer die Letzte und blieb meist noch eine halbe Stunde nach der Schließung.

37. Kishara, heute

Wie ein Spiegel, der in tausend Teile zersprang, zerbrach mein bisheriges Leben in kleine Splitter. Jeder einzelne zerschnitt meine so lange getragene Fassade, ließ sie zerbröckeln und brachte alles hervor, jedes kleinste Detail, welches ich gelernt hatte, vor mir selbst und anderen zu verbergen. Ich, damals das verängstigte Kind, wie ich zum ersten Mal die Stimme in meinem Kopf hörte. Wie sie kurz nach der Geburt von Tamara zynisch flüsterte: *„Kishara, kleine Prinzessin, so fein, willst du wirklich die große liebe Schwester sein?"* Eine Stimme, die nie verstummte, mir keine Ruhe ließ, bis ich herausfand, wie ich sie zum Schweigen brachte. Einen Weg, den ich nicht gehen wollte, aber nur, wenn ich ihr gehorchte, tat, was sie mir befahl, verstummten ihre sich ständig wiederholenden Forderungen. Endlich Stille und keine kleinen Reime, die so klangen wie aus den Kinderbüchern, die mir Mutter vorlas. Die Stimme gab mir immer nur kurze Verschnaufpausen, denn bereits nach wenigen Tagen begann sie erneut, meine Angst zu schüren. Leise erzählte sie mir, dass mein Vater meine Schwester mehr liebte als mich, und dass ich sehr bald alles verlieren würde. Übermächtig, so stark, dass ich aufgab, mich gegen sie zu wehren und handelte, wie sie es wollte, um sie zufrieden zu stellen. Ich müsste lügen, wenn ich behaupten würde, dass es nicht ein gutes Gefühl war, den Erfolg zu haben und alle zu kontrollieren. Und ja, es fühlte sich gut an, wenn ich die Stimme bekämpft hatte. Ein Stück Freiheit für einen Tag oder zwei, manchmal auch Wochen, je nachdem, was sie vorher von mir gefordert hatte.

Doch die Hoffnung, ein ganz normales Kind zu sein, starb immer wieder aufs Neue, wenn die ersten Sätze in meinem Gehirn erklangen. Ich versuchte, Hilfe zu bekommen, meine Qual Mutter mitzuteilen, erzählte ihr von der Stimme in meinem Kopf. Ich lernte, es gab niemanden, der mir helfen würde. Nie werde ich vergessen, wie sich die Enttäuschung anfühlte, als meine Mutter davon sprach, dass imaginäre Freunde in meinem Alter vollkommen normal wären. Natürlich, was hatte ich auch anderes erwartet?

Es gab keine Hilfe aus diesem Sumpf, und ich gewöhnte mich daran, Freude an meinem Spielchen zu empfinden. Nur so konnte ich es ertragen, nur so war ich stolz auf mich selber. Sie wollten es doch alle nicht anders. Den Stempel, ein böses Kind zu sein, hatten sie mir bereits aufgedrückt, warum also sollte ich mich nicht wie eines verhalten? Ich ging so weit, dass ich auch Mutter aus meinem Leben räumen wollte. Ihr eigener Fehler, dass sie mich glauben ließ, sie könnte in meine dunkle Seele schauen und all die Schlechtigkeit, die dort verwurzelt war, erkennen.

38. Tamara, der Anfang vom Ende

Es war so einfach, so unglaublich leicht. Ich hatte bei meinem letzten Besuch die Hintertür zu Kisharas Tierreich nicht mehr versperrt. Insgeheim war das auch ein kleiner Test, wie aufmerksam und vorsichtig mein Schwesterchen und ihr Personal waren. Leider nicht sehr, denn die Türe war nach wie vor unversperrt und ließ sich mühelos öffnen. Zwischen dem Medikamentenkasten und der Wand war ein schmaler Spalt. Doch er reichte aus, dass ich hineinpasste. Das kleine Fenster zum Lichthof lag gegenüber; so bestand keine Gefahr, dass mein Körper einen Schatten warf. Von den Betäubungsmitteln, die ich hier entwendet hatte, nahm ich die größte Injektionsspritze aus meiner Tasche und entfernte die Abdeckung der Nadel. Keine Sekunde zu früh, denn ich hörte schon die quietschenden Geräusche der Gummisohlen auf dem Linoleumboden, die sich meinem Versteck näherten.

Ein schmaler Lichtstreifen spiegelte sich am Boden, als sie den Raum betrat. Ich war sicher, dass es nur Kishara sein konnte, ich roch sie förmlich. Mein Atem wurde ganz ruhig, und mein Arm, dessen Finger die Injektion umklammerten, hob sich. Ich durfte keinen Fehler machen, denn ich hatte nur diese eine Chance.

Wie ich vermutete, ging die Person geradewegs zum Arzneischrank und ordnete die angebrochenen Medikamentenschachteln ein. Doch als ich mich mit einer Drehung aus meinem Versteck herausbewegen wollte, sah ich, dass es nicht Kishara war, sondern ihre Angestellte. Fast hätte ich einen Schrei ausgestoßen, so erschrak ich. Aber zum Glück konnte ich schnell meine Hand auf den Mund pressen. Die Angestellte bemerkte mich nicht, und erst jetzt sah ich, durch die Spiegelung im Glasschrank, dass sie Kopfhörer in den Ohren hatte und sich leicht im Takt bewegte. Das war gerade noch gut gegangen.

Endlich verließ sie den Raum, und ich konnte aus meinem Versteck schlüpfen. Nun hatte es keine Eile, denn es würde eine Weile dauern, bis Kishara in ihrem Haus war, den Wein trank und die Tabletten wirkten. So verließ ich die Praxis auf demselben Weg, den ich gekommen war und gönnte mir ein gutes Abendessen in einem netten Restaurant am Weg zu Schwesterchens Wohnung.

Erst Stunden später wagte ich mich in die Nähe von Kisharas Zuhause. Obwohl es mitten in der Nacht war, waren ihre Fenster des Wohnraumes hell erleuchtet. Ein gutes Zeichen, dass sie den Wein getrunken hatte. Mutig schlich ich mich durch den Vorgarten und zu ihrer Eingangstür. Sicherheitshalber bereitete ich wieder eine Injektion mit Betäubungsmittel vor, weil ich nicht wusste, wie lange die Schlaftabletten wirkten, und – wie viel sie von ihrem Schlummertrunk zu sich genommen hatte. Doch als ich die Räume betrat, war es still. Sehr still.

Im Wohnzimmer lag Kishara und schlummerte. Tief und fest. Ich fühle ihren Puls, um sicher zu sein, dass sie noch lebte. Etwas schwach, aber vorhanden. Sie hatte eine Rossnatur und würde das schon überstehen. Ich hatte ja noch einiges mit ihr vor.

Vorerst ließ ich sie einmal da liegen, wo sie war; die Lage sah nicht unbequem aus, und für eine kleine Weile würde sie das schon durchstehen. Etwas Kopfschmerzen gönnte ich ihr von Herzen; die bekam sie sicher, denn Alkohol und Tabletten passen nicht gut zueinander. Welch schlechte Angewohnheiten die Gute doch hatte. Leicht musste ich schmunzeln.

Die Beleuchtungen schaltete ich überall ab. So konnte man von der Straße aus nicht mehr sehen, was sich drinnen abspielte. Dann holte ich eine Decke aus dem Schlafzimmer und ging zurück zu meinem Schwesterherz. Kishara schnarchte inzwischen leise vor sich hin.

Ich breitete die Decke neben ihr aus und rollte sie darauf. Obwohl sie sehr zart gebaut war, war sie schwer zu bewegen. Das lag wohl am Schlafmittel. Zumindest hatte es den Anschein, als ob die Dosis ziemlich gut bemessen wäre. Endlich hatte ich ihren Körper auf der Decke. Es war eine von diesen sehr dicken Decken, die fast wie ein Teppich wirkten. Ich wickelte Kishara ein wie ein Weihnachtspaket. Das gesamte Kunstwerk befestigte ich dann mit großen Kabelbindern, die ich ineinander steckte. Das hielt eisern. Jetzt sah es so aus, als ob ich eine Teppichrolle transportieren würde. So schleifte ich das Paket bis zur Tür. Ich öffnete diese einen Spalt, doch es war niemand zu sehen. Ich zog das Kishara-Paket weiter, über den Vorgartenweg. Wieder kontrollierte ich, ob die Luft rein war. Es hatte leicht zu nieseln begonnen, und der Gehsteig war menschenleer. Ein Umstand, den ich sofort nutzte. Zum Glück war Nachbars Auto ein Combi, der eine sehr niedrig angelegte Ladefläche besaß. Die Rücksitze hatte ich bereits vorbereitend umgelegt. Ich öffnete zuerst die Ladeklappe des Autos, und dann schleifte ich meinen Teppich zum Wagen. Die Gute hatte ein ziemliches Gewicht und ich musste mich immer wieder umsehen, damit ich sicher sein konnte, unbeobachtet zu sein. Dann hockte ich mich auf die Ladefläche und zog mit all meiner Kraft an dem Paket. Immer wieder musste ich für einen Augenblick unterbrechen, doch mit einem kräftigen Ruck war es dann endgültig im Wagen. Zu unbequem wollte ich es ihr auch nicht machen, also schnitt ich die Kabelbinder wieder auf, lockerte die Umwickelung ein wenig, so dass sie es warm und bequem hatte. Bevor ich den Kofferraumdeckel schloss, verabreichte ich ihr noch eine der schwächeren Betäubungsmittel aus ihrer Praxis. Sicher war sicher. Ich wollte es nicht riskieren, dass sie zu früh erwachte.

Jetzt konnte unsere Fahrt beginnen.

„Nun, Schwesterchen, dann fahren wir zum ersten Mal zusammen auf Urlaub. Ich freu mich", murmelte ich und startete den Motor.

39. Kishara, heute

Ich verstehe bis heute nicht, warum der gut durchdachte Plan von damals nicht aufging, aber hier in diesem Verlies war ich dankbar dafür.

Kishara, du lügst - merkst du nicht, wie du dich selbst betrügst?

„Sei still, halt endlich den Mund, hörst du mich? Ich bin kein kleines Kind mehr, ich habe dich besiegt. Halt, verdammt nochmal, deinen Mund!"

Stille, endlich Stille in meinem Kopf. Dafür begannen jetzt die Bilder, vor meinen Augen abzulaufen. Die schönste, die einzige wirklich gute Zeit in meinem Leben, die, in der ich mir keine Reime mehr anhören musste, kam zurück zu mir. Damals lernte ich die Liebe kennen, Freundschaft und Treue. Shadow veränderte mich und machte mir dieses großartige Geschenk. Er nahm mir die Angst, alleine zu sein, zu versagen. Er scheuchte meine Wut fort, auf alle, die nicht verstanden, dass auch ich nur eine wichtige Rolle in ihrem Leben spielen wollte. Ein liebenswerter Mensch zu sein und nicht das Böse, vor dem man weglaufen musste. Seine Wärme, sein unbändiges Vertrauen und zu guter Letzt sein Instinkt halfen mir. Jedes Mal, wenn die Stimme erklang und sich schlimme Gedanken in meinen Verstand schlichen, war er da. Zog mich zart am Arm, forderte mich auf, mit ihm zu laufen oder zu spielen. Nahm mich mit sich fort von all der Qual und dem Erkennen, verloren zu haben. Obwohl ich ihn auch in den ersten Wochen anschnauzte, ja sogar manchmal nach ihm trat, damit er mich zufriedenließ, er gab nie auf. Immer weniger hörte ich die Stimme im

Kopf und immer mehr genoss ich das Leben.

Durch Shadow lernte ich auch Marco, den Jungen aus meiner Schule, besser kennen. Ein Zufall sorgte dafür, dass er mir bei einem Spaziergang mit Shadow über den Weg lief. Auch er hatte einen Schäferhund, und die beiden Hunde genossen es sichtlich, zusammen herumzutollen. Ich fühlte mich in Marcos Gesellschaft wohl. Ein Sonderling, mit einer Anziehungskraft, der ich mich nicht erwehren konnte. Dieses Dunkle, das ihn umgab, wirkte wie ein Magnet auf mich.

Immer öfters trafen wir uns, und er nahm einen Platz in meinem Herzen ein, den vor ihm nie jemand anders jemals ausgefüllt hatte. Ich erzählte Marco von meinem Zuhause und was mich bedrückte. Nur über meine dunkle Seite verlor ich kein Wort.

Er selbst hüllte sich in Schweigen, sprach nie über sein Leben und deutete nur kurz an, dass er früher eine Schwester hatte, die aber durch einen Unfall ums Leben gekommen war. Ich gebe zu, ich hörte nicht wirklich hin; zu sehr lenkten mich in diesem Moment unsere Hunde ab. Hätte ich es nur getan!

Es kam, wie es kommen musste. Wir wurden ein Paar, und ich erlebte den ersten Sex mit ihm. Sehr häufigen und schönen Sex. Fast wie eine Süchtige, die ihren Drogen entgegenfieberte, sehnte ich mich nach der Nähe seines Körpers. War Marco am Anfang noch sanft und vorsichtig, ließ er sehr bald durchblicken, dass ihm an mehr als nur „Blümchensex" gelegen war. Auch ich fühlte mich nicht abgeneigt. So hatte ich auch keine Bedenken, als er mir vorschlug, an einem Wochenende, an dem wir mein Eltern-

haus ganz für uns haben würden, Bondagespiele auszuprobieren. Erwartungsvoll ließ ich es zu, dass er mich auszog und mich am Bettgestell fesselte. Marco – der erste Mensch, der mein vollständiges Vertrauen besaß, diesem Menschen legte ich blind mein Leben in die Hände.
Langsam und sanft streichelte er meine Haut, und warme Schauer jagten durch meinen Körper. Dann lächelte er mich sanft an: „Ich habe da noch etwas Besonderes, ein Geschenk, nur für meine kleine Prinzessin." Freudig schaute ich ihm zu, wie er ein Glas Nougatcreme aus seinem Rucksack holte und es öffnete. Langsam steckte er seinen Finger in das Glas und sah mich an. Seine Augen, die in meinen versanken, während er die Creme auf meinen Beinen bis hoch zu meinem Bauch verteilte. Ein Moment, der mich fast vergessen ließ zu atmen. Immer noch lächelte er, und mit einer warmen Stimme sagte Marco: „Geduld, meine Schöne, nur einen Moment musst du noch Geduld haben. Kurz nur, dann bin ich wieder bei dir."
Was hatte er vor? Überrascht registrierte ich, wie er das Zimmer verließ und ich kurze Zeit später die Haustür zuschlagen hörte. Wollte er mich mit Schokocreme eingeschmiert hier alleine am Bett gefesselt zurücklassen? Beinahe verärgert wartete ich auf Marco und war erleichtert, als das Knurren und Bellen von Shadow, das von unten ertönte, seine Rückkehr ankündigte. Gespannt lauschte ich seinen Schritten, als er die Treppen hochlief. Endlich betrat er das Zimmer und steuerte auf das Bett zu.

40. Tamara, kurz vor dem Ende

Diesmal war es eine sehr entspannte Autofahrt für mich. Keine Ungewissheit quälte mich, keine Suche beschäftigte mich. Es war alles klar. Die Last, einen Teil meiner Vergangenheit nicht zu kennen, war verschwunden. Zwar musste ich mich noch daran gewöhnen, dass ich Tamara war, denn manchmal tendierte ich noch zu einem Pamina-Verhalten, aber das würde sich bestimmt einspielen. Der Weg zu meinem schönen Keller kam mir wesentlich kürzer vor als in der Vergangenheit. Aber ich fuhr auch wesentlich schneller, denn ich konnte es nicht erwarten, dass ich Kishara in ihr neues Zuhause brachte, sie auf ihr neues, kuscheliges Bettchen legte und sie liebevoll zudeckte. Sie hat sich das so sehr verdient mit all ihren Taten.

Den Wagen stelle ich so ab, dass die Rücklichter den Eingang in herrlichem Rot beleuchten. Das hat schon ein wenig etwas Theatralisches, für Kisharas Abgang aus dem freien Leben. Die Gute schläft noch immer, tief und fest. Wenigstens verwendet sie eine gute Qualität bei Betäubungsmitteln. Aber Tiere mochte sie ja immer, nur mit den Menschen, da kam sie nicht so wirklich klar.

An diesem Ort brauche ich keine Beobachter zu fürchten, so lege ich ein Brett an den Kofferraum und verwende dieses als Rutsche für Kisharas Körper. Die kurze Strecke in den Keller kann ich relativ leicht bewältigen, da der Boden leicht feucht ist und der wenige Schwung ausreicht, dass ich sie leicht hineinschleifen kann. Die vorbereitete Liege ist nur wenige Zentimeter hoch; somit ist dies auch schnell erledigt. Etwas schwieriger erweist sich allerdings das Entfernen der Tierdecke, dazu muss ich Kishara immer stückchenweise verschieben, doch ich möchte vermeiden, dass sie diesen Gegenstand erkennt. Sie soll nicht wissen, wer sie hierhergebracht hat.

Endlich hat alles seinen Platz. Damit Kishara nicht langweilig wird, habe ich mir eine schöne Aufgabe für sie ausgedacht. Sie darf ihre Erinnerungen zu Papier bringen. Ein Buch mit leeren Seiten wartet auf sie und natürlich ein Stift. Ich konnte mir nicht verkneifen, eine nette Widmung und Gebrauchsanweisung hineinzuschreiben. Das wird sicher eine sehr aufschlussreiche Lektüre, wenn sie das Buch vollgeschrieben hat. Die Zeit dazu wird sie haben, denn meine Art, mich an ihr zu rächen, die braucht lange. Sehr lange.

Ich decke meine Schwester liebevoll zu. Mit meiner besonderen Decke. Vorher habe ich ihren Kittel aufgeknöpft und den Stoff auf die Seite geschoben, dann mit einer Stopfnadel Löcher in die eingenähten Säckchen gestochen, damit sie in den Genuss kommt, das Quecksilber auch wirklich auf der Haut zu haben. Damit die Dosis nicht zu klein ist und vielleicht nicht die gewünschte Wirkung verursacht, habe ich noch ein paar der netten, kleinen silbernen Kügelchen in Kisharas Socken rollen lassen. Sicher ist sicher.

Kishara schnauft und dreht sich im Schlaf um. Dabei kuschelt sie sich in die Decke, die sie bis übers Kinn hochzieht. Sie sieht so niedlich aus. So unschuldig und rein. Doch sie ist das lebende Beispiel dafür, dass man es den Menschen einfach nicht ansieht, wenn sie grausam sind.

Langsam spüre ich die Müdigkeit in mir. Es wird Zeit, dass ich wieder nach Hause fahre und einmal ordentlich ausschlafe. Meine Schwester wird wohl so rasch nicht erwachen, und mit Fluchtmöglichkeiten sieht es hier schon etwas düster aus, im wahrsten Sinne des Wortes. Denn ich habe sämtliche mögliche Lichtquellen entfernt. Leise schleiche ich zu meiner neuen Mauertüre und schließe sie von außen. Morgen Abend werde ich wohl wieder nachsehen kommen; vielleicht hat sie dann schon ausgeschlafen.

41. Kishara, heute

Weiter ging die Berg- und Talfahrt meiner Erinnerung an mein schreckliches Erlebnis.

„Eine Kleinigkeit fehlt noch, mach die Augen zu, mein Liebes." Wie naiv ich doch war; ohne nachzudenken, tat ich, was er mir sagte. Nur ein kleiner Anflug von Angst überkam mich, als ich den Knebel in meinem Mund fühlte, aber ich ließ es zu, dass er ihn an meinem Hinterkopf zuband. Skeptisch schaute ich in sein Gesicht, doch es strahlte dieselbe Wärme aus, die ich so an ihm liebte. Marco drehte sich von mir weg und ging erneut aus dem Zimmer, diesmal um etwas zu holen, und es dauerte nur Sekunden, bis er wieder vor meinem Bett stand. In der einen Hand hielt er einen Käfig, der mit einer Decke abgedeckt war. Ich hörte etwas rascheln, konnte jedoch nicht sehen, was dieses Geräusch verursachte. Was mich allerdings erschreckte, war die Veränderung in Marcos Gesicht. Die Wärme und Sanftheit war gänzlich aus ihm verschwunden. Zurück blieb ein kalter, harter Ausdruck, der mir Angst einjagte. Alles in mir schrie danach, fortzurennen, und ich begann, an den Fesseln zu ziehen. Doch je mehr ich zog, desto strammer spannten sie sich um meine Hand- und Fußgelenke. Hilflos erkannte ich: Es gab kein Entrinnen, ich war ihm ausgeliefert.

„Meine Liebe, du stehst doch auf Schmerzen, oder? Jedenfalls, wenn du sie anderen zufügen kannst. Erinnerst du dich an Irina? Nein, sicherlich nicht, nicht wahr? War sie doch nur ein Spielball für dich. Aber lassen wir das, kommen wir zu dir!"

Ich wollte ihm antworten, etwas sagen, doch der Knebel in

meinem Mund ließ es nicht zu. Nur dumpfe Laute waren aus meinem Mund zu vernehmen. Ich erkannte Marco nicht wieder. Sein Blick so eiskalt, seine Stimme so voller Hass, das Lächeln eine furchteinflößende Grimasse.

„Schön, Prinzessin, nicht wahr, wenn man erkennt, dass keiner da ist, der einem hilft? Dass du nichts, aber auch gar nichts tun kannst gegen das Unheil, das du kommen siehst." Ich verstand nicht – Was sollte ich kommen sehen? Immer noch grinsend drehte er sich um und rief: „Shadow, mein Schöner, sei ein braver Hund und komm her." Dann pfiff er auf zwei Fingern, genau so, wie ich es immer tat. Mein Hund kam die Treppe heraufgestürmt. Freudig mit dem Schwanz wedelnd lief er direkt zu Marco, der ihn im Türeingang erwartete. Ich hatte es nicht gesehen, das Messer in seiner rechten Hand. Doch was ich sah, war, wie Marco zustach. Dabei schaute er mir in die Augen und ich sah den Teufel in ihnen. Mein Hund jaulte auf und brach blutend zusammen. Noch einmal stach Marco lachend zu. Dann war Shadow still – für immer.

Ich weinte, riss an meinen Fesseln – umsonst. Ich konnte ihm nicht helfen, nur zusehen, wie mein einziger Freund seinen Wunden erlag. Es fühlte sich an, als ob ein Teil von mir dort im Körper meines Hundes mit starb.

Egal, was Marco jetzt vorhatte, egal, ob er mich auch tötete. Ich machte mich bereit zu gehen, mich von meinem kurzen Leben zu verabschieden. Vielleicht war es besser so. Ich gehörte nicht hierher, und vielleicht war es ein Segen für alle anderen, wenn es mich nicht mehr in ihrem Leben gab. Doch Marco machte es mir nicht so leicht, denn jetzt drehte er sich zu dem Käfig. Langsam nahm er die Decke herunter, öffnete die Käfigtür und hielt kurze Zeit später eine weiße Ratte in der Hand. Es mussten noch weitaus mehr dort drin sein, denn ich sah nur ein Gewimmel von Schwänzen und Köpfen. Er setzte sie auf mein Bett und griff wieder in den Käfig.

„Zähe Biester, diese Viecher. Kennst du den Satz „*Mit Speck fängt man Mäuse*"? Blödsinn, sage ich dir, Prinzessin, totaler Blödsinn. Nagetiere, so wie diese süßen kleinen Dinger hier, stehen wahnsinnig auf Schokolade. Es macht sie verrückt, ja, sie verhalten sich dann so ähnlich wie du. Sie beißen, tun alles, um noch mehr von ihrem heißgeliebten Snack zu bekommen. Na, möchtest du mal antesten, wie es ist, gebissen zu werden? Keine Sorge, es ist nicht tödlich, nur ... wie soll ich es ausdrücken – etwas unangenehm." Mit diesen Worten setzte er die zweite Ratte auf meine Beine. Eine nach der anderen platzierte Marco auf meinem Körper. Sie wimmelten um mich herum, und ich fühlte ihre Spürhaare, ihre kleinen Füße und Krallen, aber sie taten mir nichts. Ich glaubte schon, dass nichts passiert, aber dann spürte ich ihre Zungen, wie sie begannen, an den Stellen, an denen Marco die Nougatcreme verstrichen hatte, zu lecken. Die Ratten wurden immer mutiger, und aus dem Lecken wurde ein leichtes Nagen, bis sie schlussendlich richtig zubissen.

Marco schaute ihnen zu. Dann nickte er zufrieden, drehte sich zur Tür um, winkte mir zu und ging. Er ließ mich einfach zurück mit ihnen. Alleine an dieses Bett gefesselt – hilflos, für sehr viele Tage. Die Angestellten hatten frei, meine Eltern würden nicht vor Mittwoch zurückkommen, das bedeutete für mich, hier gefangen zu sein. Tage, die ich meinen toten Hund auf dem Boden vor mir liegen sah und die Ratten, die

mir nur kurze Pausen zum Durchatmen ließen, um dann
wieder zuzubeißen.

Kein Essen, kein Trinken und der Urin, der sich unter mir
sammelte, weil ich ihn nicht halten konnte. Der beißende
Geruch, der mir die Luft zum Atmen nahm. Stunde für Stunde sah ich auf der Uhr an meiner Zimmerwand im Zeitlupentempo verstreichen und hatte nur noch den Wunsch,
einfach einzuschlafen und nie wieder aufzuwachen.

42. Tamara, kurz vor dem Ende

So hervorragend geschlafen wie heute habe ich schon lange nicht mehr. Es wirkte auf mich so unglaublich beruhigend, dass Kishara niemals wieder eine Gefahr für mich darstellte. Eingesperrt für den Rest ihres Lebens, und das im wahrsten Sinne des Wortes. Für mich war das alles wie ein gutes Schlafmittel, und ich schlummerte bis in den späten Mittag, ohne nur ein einziges Mal dazwischen zu erwachen. An meine Arbeitsstelle brauchte ich nicht zu denken, da ich am gestrigen Abend noch eine Nachricht an meinen Vorgesetzten geschrieben hatte, dass ich leider unter einer akuten Stimmbandentzündung litt und nicht arbeiten konnte. Eile hatte ich auch keine, da der Schlaf meines Schwesterchens sicher noch andauerte, zumindest war sie für eine Weile ausgesprochen geschwächt. Und sie brauchte auch Zeit, um sich in ihrer neuen Behausung umzusehen. Bestimmt fand sie bald das Buch mit ihrer Aufgabe, eine schöne Beschäftigung, so ein Rückblick aufs Leben.

Während ich mir einen Kaffee zubereitete, der allerdings noch immer grauenhaft war, überlegte ich, was ich ihr so alles mitbringen musste, damit sie es schön hatte. *Etwas Beleuchtung wäre nicht schlecht, also bekommt sie eine Kerze und Streichhölzer.* Ich wollte sie ja nicht im Dunklen schmachten lassen. Ein wenig Nahrung wäre auch kein Fehler, denn Quecksilber wirkt sehr langsam, wenn es durch die Haut aufgenommen wird. Außerdem würde ich in ein würziges Brot noch ein wenig meines Restvorrates der kleinen silbernen Kügelchen geben. Doppelt hält besser, und es wäre doch schade, wenn sie vor Ablauf ihrer Zeit verhungern würde. Also hätte ich gleich beides in einem erledigt: Ich achtete darauf, dass sie nicht verhungerte, gleichzeitig sorgte ich für ihren baldigen Tod vor. Und natürlich musste ich Wasser mitbringen. Sie wusste nichts von dem Auffangkrug, und so viel Intelligenz traute ich ihr einfach nicht zu.

Heute hatte ich meinen Trödeltag. Ich ließ mir einfach für alles Zeit. Zuerst packte ich das vorher präparierte Brot ein, dann füllte ich eine alte Glasflasche mit Wasser und brachte dies alles zum Wagen. Zwar fuhr ich dann los, jedoch nicht gleich zum Keller. Zuerst wollte ich noch einmal zum Haus fahren. Ich verspürte den Zwang, den Garten genauer zu betrachten. Dort zu laufen, wo all mein Unglück seinen Anfang genommen hatte. Wollte sehen, ob es den Swimmingpool noch gab, den kleinen Pavillon und den alten Baum, der mich mit Schatten bedachte.

43. Kishara, heute

Ich muss es aufschreiben. Darf nichts vergessen. Denn all diese Erinnerungen waren so unglaublich schrecklich für mich, dass ich sie nicht aussprechen kann. Nur das Papier darf mir zuhören, und so glitt meine Schrift weiter und formte Buchstabe für Buchstabe:

Nach zwei Tagen kam Marco zurück. Leise summte er unser gemeinsames Lied, zu dem wir uns immer geliebt hatten. „Na, Liebes, hattest du deinen Spaß?", mit einem Zwinkern in den Augen redete er mit mir, als ob er mir etwas Gutes getan hätte. Dann kam er zu mir ans Bett und löste meine Fesseln. Marco sah mir in die Augen und strich mir zärtlich über die Wange. „Auf Wiedersehen, mon amour. Es war schön mit dir."

Dann ging er, und es sollte für immer sein. Ich versuchte, aus dem Bett rauszuspringen, ihm hinterherzulaufen, um ihn zu bestrafen für das, was mir angetan hatte. Aber meine Beine gehorchten mir nicht. Ich sackte völlig geschwächt auf den Boden vor dem Bett zusammen. Mit fahrigen Händen löste ich den Knebel und zog den Stofffetzen aus meinen Mund. Immer noch nicht in der Lage zu laufen, kroch ich rüber zu Shadow. Er lag da, als ob er nur schliefe, und ich hob seinen Kopf hoch, drückte ihn an mich. Weinend presste ich das Gesicht in sein Fell und zog das Messer aus seinem Körper. Doch dann spürte ich etwas an den Beinen krabbeln – die Ratten. Ich fuhr herum und schaute sie an. Hass flackerte in mir auf und ich griff mir die, die mir am nächsten war. Das Messer immer noch in der Hand, stach ich zu. Ihren toten, blutenden Leib schmiss ich an die Zimmerwand. Wie eine Verrückte, ohne Kontrolle über sich selbst, schaute ich mich um und sah die nächste Ratte, die nicht zu verstehen schien, was ich mit ihrer Artgenossin getan hatte. Es war ein Leichtes, auch sie zu schnappen. Ich schmiss das Messer fort von mir. Mit beiden Händen hielt ich nun den kleinen Körper auf meinen Schoß. Ihren Kopf zwischen meinen Fingern fühlte ich das Pochen ihres Herzen. Dann drückte ich zu, nahm ihr ihren Atem, bis sie aufhörte zu zucken. Ich war wie im Wahn. Eine nach der anderen Ratte tötete ich. Schreiend vor Wut rannte ich im Zimmer umher, und selbst als sich Tür öffnete und unser Gärtner hereinstürmte, hörte ich nicht auf. Er versuchte, mich festzuhalten, doch ich wehrte mich, schlug nach ihm, biss und kratzte. Dann holte er mit der Hand aus und schlug mir mehrmals ins Gesicht. Es war das Letzte, woran ich mich erinnerte, bevor die Dunkelheit mich umfing.

44. Tamara, gleich heute

Vollkommen verwildert lag der Garten vor mir. So, wie ich es erwartet hatte, denn bereits bei meinem ersten Besuch war das lange Unbewohntsein des Anwesens zu merken. Den Wagen fuhr ich einfach mitten auf die Grünfläche des Grundstückes, denn Schaden konnte ich hier nicht mehr wirklich anrichten. Der große, alte Baum war noch da, er stand inmitten des Gartens. Ich verließ das Auto und stellte mich genau darunter. Unter die große Krone meines früheren Schattenspenders. Gleich daneben standen ein Tisch und eine halbrunde Bank aus Stein. Wenn man darauf saß, konnte man direkt auf den Pool sehen. Der sah allerdings noch schlimmer aus als alles andere um mich herum. Der Marmorrand war teilweise bereits eingebrochen, anstelle von Wasser befand sich eine ekelhafte, grüne Brühe darin, und ein komisches Etwas schwamm darin herum, das vielleicht einmal eine alte Luftmatratze war. Das also war aus dem Platz geworden, wo all mein Unglück begonnen hatte.

Schade, ich hatte dies alles so wunderschön in meiner neu gewonnenen Erinnerung, und nun war alles verkommen und zerstört. Ich weiß auch nicht, was ich erwartet hatte. Vielleicht, dass ich an diesem Ort neu beginnen könnte? Manchmal fragte ich mich wirklich, ob ich noch bei Sinnen war. Mehr brauchte und wollte ich nicht sehen, und so stieg ich in den Wagen und fuhr die kurze Strecke zum Keller.

Die beiden Schlösser sperrten so leise, dass es unmöglich war, sie zu hören, selbst bei Stille. Viel Gefahr bestand ja nicht, dass Kishara mich sehen konnte, selbst wenn sie wach war, denn der Raum war finster, und auch durch meinen künstlich angelegten Vorraum drang kein Licht in den Hauptraum, wenn ich die neue Türe öffnete. Doch Vorsicht schadet nicht, und so öffnete ich sie nur einen winzigen Spalt, damit ich sehen konnte, was Kishara gerade tat. Doch es war nicht wirklich notwendig, denn sie schlief tief und fest. Allerdings lag sie anders herum auf der Liege, und die Schuhe waren nicht mehr an ihren Füßen. Sie musste also während meiner Abwesenheit wach gewesen sein. Leise schlich ich in die Nähe der Liege und stellte Brot, Wasser und die Kerze samt den Streichhölzern ab. Bestimmt würde sie sich freuen, sobald sie erwachte. Ich hatte für diesen Tag genug für meine Schwester getan. Auch Nahrung hatte sie jetzt; es reichte also, wenn ich in ein paar Tagen wieder käme.

45. Kishara, heute

Das Nächste, was ich hörte, als ich erwachte, waren die Stimmen. *Sie ist krank, eventuell gefährlich. Sie muss dringend behandelt werden.* Stimmen, die mir unbekannt waren und über mich zu sprechen schienen. Mein Vater, der sagte: „Es ist wohl das Beste für sie. Nie hätte ich gedacht, dass sie ihren eigenen Hund tötet und dann all die toten Ratten. Ich werde diesen Anblick nie wieder vergessen. Es ist richtig, ich und meine Frau vermuten schon länger, dass mit ihr etwas nicht stimmt. Aber dass es so schlimm ist, damit haben wir nicht gerechnet."
Weiße Wände, die mich umgaben, und ich wusste, der Ort, an dem ich mich jetzt befand, war ein Krankenhaus. Dann sah ich sie zum letzten Mal, wie sie mein Zimmer betraten. Hörte mich reden, wie ich versuchte, ihnen zu erklären, was wirklich vorgefallen war, und den Arzt, der Mutter leise zuflüsterte: „Wahnvorstellungen, hören sie nicht hin." Der traurige Blick meiner Mutter und das Gefühl des endgültigen Abschiedes, als mein Vater mich nach langer Zeit wieder in den Arm nahm. Ich sah die Tränen in seinen Augen und klammerte mich an ihm fest. Doch er entzog sich mir. Aus und vorbei, ihr Leben war nicht mehr meines.
Sie gingen, und ich bekam für die nächsten zwei Jahre ein neues Zuhause. Die private psychiatrische Klinik in einem kleinen unwichtigen Ort. Zuerst stellten sie mich mit Medikamenten ruhig. Diagnosen über Diagnosen wurden gemacht. Von dem Verdacht, ich sei eine Soziopathin bis zur Psychopathin, manisch depressiv, von bipolarer Persönlichkeitsstörung bis zur Schizophrenie war alles dabei, was das

Lehrbuch für Psychologie hergab. Ein Pfleger sagte es eines Tages in nur einem Satz: „Das Mädchen ist einfach nur wahnsinnig."

Monate vergingen mit immer neuen Therapien, Medikamenten und Versuchen, mich zu heilen. Irgendwann sprachen die Ärzte von dem Durchbruch; ich wäre so gut wie gesund. Mit einer weiterführenden ambulanten Therapie und indem ich brav meine Medikamente weiter nahm, durfte ich zurück ins Leben.

Die Stimmen in meinem Kopf gab es schon lange nicht mehr, und auch meine Erinnerung war gelöscht, fort, nicht mehr Bestandteil meines Lebens. Als ob ich immer schon die gewesen wäre, die jetzt das Krankenhaus verließ.

Die Zeit danach war nicht einfach. Ich hatte keinen Rückhalt; es gab mich einfach nicht mehr. Meine Eltern hatten mich in einem sehr strengen Internat angemeldet, und ich wurde direkt dorthin verfrachtet. Weder mein Vater noch meine Mutter begleiteten mich.

Alles, was mich und meine Schande betraf, wurde unter den Teppich gekehrt. Meine Eltern hatten bestimmt eine gute Geschichte für meinen Verbleib auf Lager. Nur ein monatlicher Scheck auf meinem Konto zeugte davon, dass es sie einmal in meiner Vergangenheit gegeben hatte.

Doch ich war stark. Machte meinen Schulabschluss, das Abitur, danach studierte ich und wurde Tierärztin. Ab und zu quälten mich Träume, so wie ich heute wusste, Träume, die mir die Erinnerungen zurückbrachten. Aber an jedem darauffolgenden Morgen tat ich sie mit einem Schulterzucken ab. Mein Leben war ok so, wie es jetzt war.

46. Tamara, heute

Die letzten Tage waren der reine Horror. So schön hatte ich mir das ausgedacht. Kishara würde langsam innerlich vergiftet werden. Nicht nur, dass das Quecksilber verdampfte und so über ihre Haut in ihren Organismus gelangte, sondern der Körper würde bei permanentem Quecksilbereinfluss auch selbst anfangen, sich zu zerstören. Das war ja ein netter Gedanke. All das, was sie Nikolai und mir langsam und schmerzhaft angetan hatte, auch langsam und schmerzhaft zu rächen. Aber ich dachte nicht, dass es so lange dauern würde. Sicherheitshalber besorgte ich daher ein gut lösliches Rattengift, damit ich ihr dies in der Nahrung verabreichen konnte. Doppelt hält einfach besser.

Außerdem musste ich dem Kellerleben meiner Schwester ein Ende bereiten. Es passierten einfach viel zu viele Dinge, die ich nicht verstand.

Manchmal standen andere Lebensmittel da, die ich selbst nicht brachte. Und dann waren da Ratten. Zwei weiße Ratten. Natürlich konnten die auch von draußen irgendwie in den Keller gekommen sein, aber dann wären sie nicht weiß. Freilebende Ratten waren grau oder braun. Zudem wirkten sie zutraulich und nicht scheu, also mussten es Haustiere sein. Mit Schrecken dachte ich an die Ratten, die ich vor einigen Tagen in Kisharas Kinderzimmer sah. Aber das konnte doch nicht sein! Denn das hätte bedeutet, dass sie selbst die Viecher holte, denn wer konnte noch davon wissen? Wohl keiner.

Immer hatte ich das Gefühl, dass noch jemand Kishara besuchte. Es gab immer winzige Veränderungen. Solche, die ich nicht genau beschreiben konnte, aber sie waren da. Ich spürte das einfach, wenn etwas anders war. Außerdem bekam ich keine Briefe mehr von Marco. Nichts. Absolutes Stillschweigen. Für mich war das sehr verwunderlich, denn er wollte ja, dass ich meine Schwester hierher brachte. Ich dachte, dass noch Anweisungen kommen würden. Irgendetwas, was ich tun sollte. Aber nein, er ließ mich einfach alleine damit. Das war im Grunde genommen kein sonderlich großes Problem für mich, da meine Wut gegen meine Schwester so viele lange Jahre Zeit hatte, sich aufzubauen. Die Menschheit musste einfach geschützt werden vor solch einer Bestie. Aber ich wollte auch einiges wissen. Ich wollte, dass sie all ihre Taten aufschrieb, bevor sie sich ins Jenseits verabschiedete. Ich wollte wissen, ob sie Reue empfand, wenn sie alles in kurzer Zeit niederschreiben musste, all die bösen Dinge, die sie getan hatte, auf einmal über sie hereinbrachen. Leider hatte ich das Gefühl, dass es sie mehr freute als belastete. Täglich, wenn ich mich in den Keller schlich und die neu beschriebenen Blätter in dem Buch durchlas, sah ich nur Zeilen der Selbstbestätigung. Texte, die so geschrieben waren, dass sie sich an ihren Machenschaften erfreute. Es ihr einen gewissen Kick bereitete, all die Gräueltaten noch einmal zu durchleben. Denn das tat sie, wenn sie diese aufschrieb.

Ein letztes Mal fuhr ich zurück zu meiner Wohnung, denn morgen musste ich endlich ein Ende vorbereiten. Kishara von dieser Welt befreien. Ich hatte genug über ihr Leben gelesen, genug erfahren. Mehr konnte ich nicht ertragen.

Meine Wohnung lag still und verlassen. So wie immer. All die Dinge, die ich für meine Vorbereitungen benötigt hatte, lagen verstreut herum. Mittendrin die Belege, die mich auf Marcos Spur gebracht hatten. War ich glücklich darüber, dass ich nun wusste, wer ich in Wirklichkeit war? Oder wäre es besser, wenn ich weiterhin mein Leben als Pamina gehabt hätte? Dass meine Erinnerung an die Kleinkinderzeit nicht vorhanden war, an das hatte ich mich doch gewöhnt. Mein Leben wäre weitergegangen, ganz normal, unscheinbar und leise für die Menschen in meiner Umgebung. Nun war alles anders. Konnte ich mit meiner Vergangenheit überhaupt leben?

Tanz, Tamara – tanz, Pamina! Die Musik dröhnte laut durch die Wohnung, und mit jedem Ton kippte ich mehr in die Bewegung. Meine Beine brauchten keine Anweisungen mehr, immer schneller bewegten sie sich im Takt. Mein Körper wurde warm, die Muskeln weich, der Schweiß trat aus meinen Poren und ich tanzte weiter. All die Realität um mich herum verschwand immer mehr, ich sah meine Räume nicht mehr. Je mehr ich in die Musik eintauchte, desto schneller wechselten Bilder in meinem Kopf. Nikolai, mein kleiner Bruder, der immer wachsam neben mir war und versuchte, mich vor Kishara zu schützen. So winzig war er noch und doch so stark im Willen. Doch ich, die dankbar hätte sein sollen für all die Liebe, die er mir entgegenbrachte, neidete ihm seine Beweglichkeit. So voller Hass war ich darauf, dass er laufen konnte, dass er greifen konnte und sprechen. Dann wechselte das Bild, ich stand von meinem Bett auf, wanderte durch das dunkle, schlafende Haus. Stellte mich neben die schlafende Schwester und flüsterte ihr neue Ideen zu. Dinge, die sie Nikolai antun konnte. Kleine Gemeinheiten, die sie so gerne ausführte. Dann schlich

ich zu Nikolai. Da lag er. Diesmal, im Schlaf, war er der Unbewegliche, war er der, der hilflos ausgeliefert war. Ich sah sein liebliches Gesicht und konnte nur Hass empfinden. Doch ich wollte etwas tun, damit es ihm auch einmal schlecht ging, damit sein Lächeln nicht mehr so lebendig war.

Nikolai hatte eine Krankheit. Nichts Dramatisches, er war nur sehr schwächlich, zu klein und hatte kaum Immunstoffe. Dafür bekam er täglich Medikamente. Ich wollte, dass er krank wurde, wollte, dass er klein blieb. Meine Hand griff nach dem Fläschchen mit der klaren Flüssigkeit, schüttete sie im Badezimmer aus und füllte Wasser hinein. Dann stellte ich das Fläschchen wieder neben sein Bett. War es nur meine Fantasie, oder hatte ich all das wirklich getan?

Weiter ging mein Tanz, weiter flogen die Bilder meiner nächtlichen Ausflüge durch meinen Kopf. Gefolgt von den Gedanken an die Tage, an denen ich bewegungslos und sprachlos darauf wartete, dass mich jemand liebte. Mein Körper und meine Erinnerungen tanzten einen Reigen der Vergangenheit. So lange, bis ich erschöpft zusammenbrach.

47. Kishara, heute

Einige Wochen, bevor ich hier in diesem Keller aufwachte, bekam ich diesen Brief, ohne Absender, anonym, und auf ihm stand nur: Deine Schwester Tamara lebt! Jetzt fiel es mir wieder ein, was es gewesen war, was ich am letzten Tag meiner Freiheit geplant hatte – der Anruf bei einem Privatdetektiv, den ich anheuern wollte, um Tamara zu suchen.

Manchmal führt die Neugier unweigerlich zum Tode der Katze – Laut dröhnte die Stimme, die am Telefon gewesen war, in meinem Verstand. Ich verstand jetzt, was sie meinte. Meine Neugier, die Nachforschungen, die Fragen nach Tamara hatten alles ins Rollen gebracht. Aber warum? Hatte Marco auch ihr etwas getan, hatte er mir den Brief geschrieben?

Mein Kopf schmerzte, und es fiel mir immer schwerer, einen wirklich logischen Gedanken zu fassen. Die Stimme kam zurück, ich hörte sie leise in den Ecken meines Hirns kichern. Dann die ersten deutlichen Worte: „*Schlaf, Kishara, schlaf, du dummes kleines Schaf.*"

So erschöpft sehnte ich mich nach ein wenig Schlaf. Sie hatte ja recht, die kleine Kishara, ein wenig schlafen würde mir helfen – nur ein wenig Ruhe. Schon anstrengend, vernünftig zu sein und zu kämpfen. Lass mich ihr einfach nur zuhören, dann würde schon alles gut werden, denn Kishara gewann doch immer, oder? Kichernd ließ ich mich auf die Matratze zurückfallen, schloss meine Augen und gab mich meinen Träumen hin.

48. Tamara, heute

Vater! Jetzt erst erkannte ich es. Dasselbe Gesicht lag schlafend vor mir in meinen Kindheitsträumen, und ich sah dieselben Züge im Gespräch mit dem Weinbauern. Jetzt erst erkannte ich es, dass Paminas Vater auch Tamaras Vater war. Er, der den Tod seiner Frau sein Leben lang betrauerte, war für mich da, für den Menschen, der für ihren Tod verantwortlich war. Schuld, ich trug eine Last mit mir, und doch empfand ich keine Reue. Geliebter Vater, gehasster Vater. Ein und dieselbe Person.

Schweißgebadet erwachte ich. Ich lag mitten in all den Dingen, die ich im Tanz verstreut hatte. Ich musste jetzt handeln. Mein Leben in Ordnung bringen. Einfach wissen, wer ich war. Pamina oder Tamara. Was war ich und wer war ich?

Der Motor des Wagens schnurrte laut und regelmäßig. Die bekannte Strecke zu meinem Keller. Ja, es war mein Keller. Hier hatte ich Macht. Mein Reich.

Diesmal war es heller Tag. Mein Vorhaben durfte nicht mehr aufgeschoben werden. Es war der letzte Tag meines alten Lebens, oder sollte ich sagen, meiner alten Leben?

Das Sonnenlicht strahlte hell auf die alte Eingangstür, als ich das Auto davor abstellte. Ich schloss beide Türen auf, diesmal ohne darauf zu achten, ob ich ein Geräusch verursachte oder nicht. Neben der zweiten Tür befand sich der Lichtschalter. Zwar war ein Teil des Kellers durch die Glühbirne, die über Kisharas Matratze hing, beleuchtet, doch das reichte mir nicht aus. Heute brauchte ich mehr als nur schummeriges Licht. Ich wollte einfach das Gesicht meiner

Schwester sehen, wenn sie erkannte, wer ich war.

Meine Hand griff auf den Schalter und drückte ihn hinunter, das grelle Licht flammte auf, und mitten im Raum stand sie, mit dem Rücken zu mir, schützend die Hände vor die Augen gepresst, um sie vor der ungewohnten Helligkeit zu schützen. Kishara.

„Na, Mädels, da seid ihr ja endlich beide, und alle zwei wach!"

Laut durchschnitten die Worte aus dem Nichts die Stille. Kishara drehte sich langsam zu mir um, nahm die Hände von den Augen, blinzelte und schrie laut auf.

Ich war erstarrt. Hatte mich auf die Begegnung mit meiner Schwester vorbereitet, aber nicht mit der unbekannten, verzerrten Stimme, die laut aus den Wänden zu kommen schien.

„Seht euch an! Seht, zu was ihr geworden seid!", die Stimme dröhnte wieder auf uns ein, und noch immer standen wir uns gegenüber. Kishara sah entsetzlich aus. Kreideweiß ihr Gesicht, unsicher im Stand, dürr und ausgemergelt. Das Gift zeigte Wirkung. Sie wirkte so auf mich, als ob ein kleiner Stups reichen würde, um sie umzuwerfen. Eine armselige Erscheinung. All ihre Taten spiegelten sich nun in ihrem Aussehen wider.

49. Kishara, jetzt

Kein Laut war zu hören, als ich erwachte. Kannte ich diesen Ort? Ich wusste nicht mehr, wo ich war. Mein Zuhause? Warum war mir kalt? Mein Hals fühlte sich trocken an, und mein Kopf drohte zu zerspringen. Ich wollte aufstehen, in die Küche gehen und mir etwas zu trinken holen.

Krampfhaft versuchte ich, die Augen zu öffnen. Als es mir endlich gelang, bedauerte ich es. Nein, dies war nicht mein Zuhause, ich war immer noch eingesperrt hier in diesem Keller! Es gab nichts, das an mein schönes, gemütliches Heim erinnerte, nur eine Matratze, eine alte abgenutzte Decke, eine Glühbirne, die über meinem Kopf hing, den Rest von einem trockenen Brot und ein Glas. Meine Träume, die meinen Schlaf begleitet hatten, täuschten mir meinen Wunsch, wieder da zu sein, wo alles begann, als Realität vor. Nichts hatte sich geändert, rein gar nichts. Nur dass es mir immer schlechter ging.

Quälender Durst ließ mich nach dem Glas neben meinem Schlafplatz greifen, in der Hoffnung, dass es, während ich schlief, erneut mit Wasser gefüllt worden wäre. Mein Kerkermeister hatte mich bisher versorgt, und vielleicht hatte er auch jetzt die Gunst der Stunde genutzt, um Erbarmen zu zeigen. Ich streckte meine Hände aus, um es zu umfassen, doch sie zitterten. Meine Muskeln und Nerven gehorchten mir nicht mehr. Die eigentlich einfache, vom Gehirn gesteuerte Handlung, ein Glas zu halten, misslang, und es fiel auf den Steinboden. Zersprang, zu nichts mehr zu gebrauchen, so wie mein Körper. Ich war zu einem Wrack geworden, nicht einmal mehr fähig, ein Glas zu halten.

Vorsichtig richtete ich meinen Oberkörper auf und schaute mich um. Alles wirkte wie in einen Nebel getaucht. Nichts erschien mir klar und deutlich, und als ich auf die Stelle blickte, an der das Glas aufschlug, konnte ich nur verschwommen erkennen, dass es in mehrere große Scherben zerbrochen war.

Es ging mir nicht gut. Schweiß stand auf meiner Stirn und gleichzeitig fror ich. Die Stimme in meinem Kopf redete immer noch. Aber ich konnte die Worte nicht verstehen. Sie machten keinen Sinn mehr für mich. Laute, die wie durch eine dicke Wand zu mir drangen, mehr nicht. Ich zitterte; dankbar für die einzige Habseligkeit, meine Decke, die ich in diesem Drecksloch besaß, zog ich sie mir bis ans Kinn. Fest wickelte ich sie um meinen Körper.

Dieser Durst, kaum noch zu ertragen, kaum noch in der Lage zu schlucken, alles in mir schrie nach Wasser. Leise krächzte ich. „Wasser! Ich brauche Wasser." Wie wundervoll wäre es jetzt, wieder einzuschlafen und beim Erwachen ein großes Glas Wasser vorzufinden.

Ohne es zu bemerken, hatte ich die Decke an meinen Mund gezogen und nuckelte wie ein kleines Kind an ihr. Es beruhigte mich und ich begann zu summen. Ein altes Kinderlied, oder war es ein Song aus dem Radio? Warum machte ich mir Gedanken darüber, was das für ein Lied war? Ich lachte, bis mir die Tränen über die Wangen liefen. Kaum noch in der Lage, mich zu beruhigen, als ich erkannte, dass das Lied, welches ich vor mich hinträllerte, *Schicksalsmelodie* hieß.

Ja, so war ich. Selbst in der beschissensten Situation immer noch ein Fünkchen Humor in mir. So schlimm kann es doch nicht sein, Kishara, wenn dir immer noch nicht das Lachen vergeht?

Plötzlich durchfuhr mich ein wahnsinniges Stechen im Bauch. Wie ein Messer, unberechenbar und schmerzhaft, ließ es meinen Körper wie ein Klappmesser zusammenkrümmen. Es musste der Durst oder der Hunger sein. Ansonsten gab es keine Erklärung dafür. Gleich würde es wieder aufhören, ganz bestimmt, kein Grund, sich Sorgen zu machen. Doch es hörte nicht auf, und auch das Zittern ließ nicht nach, sondern verstärkte sich noch. Ich war krank, ich brauchte Hilfe, einen Arzt. Aber keiner würde hierher kommen, mich finden und mir helfen. Ich war allein, nur die Ratten waren bei mir.

Wo waren sie? Unter meiner Decke? Ich glaubte, etwas an meinen Beinen zu fühlen. Waren da nicht wieder ihre Bisse? Ganz deutlich spürte ich ihre Zähne, nagend auf der Suche nach Fleisch – so wie damals. Langsam hob ich die Decke hoch und schaute unter sie. Keine Ratten! Aber ich war mir sicher, sie waren dort gewesen. Panisch schaute ich mich um, rote Augen in der Ecke starrten mich an. Riesengroß leuchteten sie aus der Dunkelheit heraus. Viele Augenpaare, weitaus mehr als zwei Ratten mussten dort sein. Hatte Marco sie hergebracht? Ich rieb mir die Augen und schaute genauer hin. Nein, dort war nichts. Keine Ratten, mein Verstand spielte mir bloß einen Streich. Es gab nur zwei von ihnen, und die saßen sicher wieder an ihrem alten Platz. Nur ganz still musste ich mich verhalten, dann ließen sie mich bestimmt in Ruhe.

Ein neuer Gedanke schwebte in meinem Kopf, drängte alle Vernunft, all mein Wissen als Tierärztin beiseite. Die Paranoia, was sein würde, wenn sie mich rochen. Sicher hatten sie genauso Hunger wie ich. Würde nicht auch ich, wenn ich mein letztes Stück Brot gegessen hatte und der Hunger mich erneut peinigte, darüber nachdenken, sie zu verspeisen? Passierte das nicht mit Menschen, wenn die Gier nach Nahrung so groß wurde, dass nichts anderes mehr eine Bedeutung hatte? Sicher erging es Tieren nicht anders. Sie würden kommen, wenn ich schlief. An mir herumnagen, bis nur noch Knochen von meinem Körper übrigblieben.

Shadow war nicht da, um sie zu vertreiben. Er konnte meine Hilferufe nicht hören. *Stop, Kishara denk nach!* Wieso glaubte ich, Shadow lebte noch? Meine Gedanken ließen sich nicht ordnen. Sinnlos flogen mir immer wieder neue Fetzen zu, die mich nur noch verrückter machten.

Schlafen, bitte lass mich schlafen. Die Schmerzen in meinem Bauch waren kaum noch auszuhalten und ich stöhnte auf. Lass es mich rausschneiden, dieses Ding dort drinnen. Es musste etwas in mich hereingekrochen sein, das sich langsam durch meinen Körper arbeitete. Ich griff nach einer großen Glasscherbe und hielt sie krampfhaft fest, bereit zuzustechen, es rauszuholen.

Kishara, was tust du da? Im letzten Moment stoppte ich und hielt inne. Zu spät, alles zu spät, ich verlor mich. Es wurde Realität, was der Pfleger in der Psychiatrie bereits geahnt hatte: Ich wurde wahnsinnig!

Ich merkte, wie ich immer schwächer wurde und keine Kraft mehr besaß, dagegen anzukämpfen. Ich wollte nachdenken, wie ich es schaffte, zu entfliehen und das ganze Desaster ein glückliches Ende haben würde. Ich wollte, dass die Stimme aufhörte zu reden – für immer. Aber am meisten wollte ich Tamara finden und Nikolai. Mit ihnen reden, alles in Ordnung bringen, ich wollte ...

Kalte Hände, die meinen Hals umklammerten, weckten mich auf. Marco war da – sicherlich. Ich griff nach den Händen, doch sie drückten zu wie Schraubstöcke. Ich bekam keine Luft mehr, und nur ein Röcheln, das aus meinem Munde kam, war zu hören. Ich registrierte, dass die Stimme endlich still war, dafür schrie meine eigene in meinem Gehirn. *Wach auf, wach endlich auf! Er will dich umbringen, kapierst du es nicht!* Ich versuchte, mich ihm zu entwinden, trat um mich. Doch meine Bewegungen richteten nichts aus, zu zaghaft, zu geschwächt. Ohne etwas zu erreichen, traten meine Beine in die Luft. Verdammt, *Kishara, öffne endlich deine Augen und nimm die Scherbe, wehre dich! Du bist stark, du wirst doch jetzt nicht aufgeben!*

Ich riss die Augen auf und stieß zu – ins Leere. Kein Marco, niemand, der mich bedrohte. Aber er war doch hier gewesen?

Versteckt, sicherlich hatte er sich versteckt. Ich musste aufstehen und nachschauen.

Langsam, mit wackeligen Beinen erhob ich mich. Ich sah in die Ecken und entdeckte jemanden dort. Die kleine Kishara saß kichernd auf einem Stuhl und zeigte mit dem Finger auf mich. Ihr Lachen klang wie die Stimme in meinem Kopf. Ich kniff die Augen zusammen, und als ich erneut hinschaute, wechselte das Bild. Marco stand dort, die Ratten auf der Schulter, und auch er lachte.

Aufhören! Ich musste es beenden. Sie sollten sterben, dann konnte ich mein Leben wieder leben. Schritt für Schritt lief ich auf ihn zu, bis ich direkt vor ihm stand.

Plötzlich flammte grelles Licht auf. Ich drückte die Hände vor die Augen und schrie auf. Als ich sie wieder wegnahm, war Marco verschwunden. Ein Geräusch ließ mich herumfahren. Es konnte nur Marco sein, der hinter mir stand. Ich musste schneller als er reagieren. Ich hob meinen Arm und stieß mit der Scherbe zu. Sie fand ihr Ziel. Erst dann realisierte ich, dass es nicht Marco war, der meine Glasscherbe in seinem Hals stecken hatte. Ich starrte in ein Gesicht – ein mir sehr bekanntes Gesicht. Älter, ja, aber dieselben grauen Augen mit braunen Kristallen in den Pupillen schauten mich an. Dasselbe ovale Gesicht – mir damals so verhasst – blickte mir entgegen. Nur wenige Zentimeter trennten mich von der Person, die mich umbringen wollte. Die mir all das angetan hatte. Mich gequält hatte und hier unten leiden ließ. Es war niemand anderes als meine Schwester Tamara. Für einen kurzen Moment fixierten wir uns gegenseitig, dann zerbrach das Licht in ihren Augen. Fassungslos fiel ich auf meine Knie, und meine Hand mit der Scherbe, die in ihrem Hals steckte, wurde mitgezogen. Warmes Blut floss herunter auf mein Gesicht, bedeckte mich, und ich begann zu schreien, in der Gewissheit, niemals damit aufhören zu können.

Tamara sackte auf mich herab. Gemeinsam fielen wir auf den Boden, und sie deckte meinen Körper mit ihrem zu. Das Ende, es war da. Ich schloss die Augen, sicher, dass es für immer sein würde. Ich starb hier, zu schwach, um fortzukommen. Niemand, der mir zu trinken und zu essen brachte. Niemand, der mich retten würde. Mein langsames Sterben vor Augen, schloss ich sie, um meinem Tod entgegenzugehen.

50. Das letzte Kapitel

Ein letzter Blick durch die Kamera, dann schaltete er sie ab. Es war vorbei, und sein Theaterspiel hatte ein befriedigendes Ende gefunden. Ein Happy End jedenfalls für ihn. Tamaras Blick, als er seinen besonderen Satz im Keller erklingen ließ. Er lachte laut auf – fabelhaft! Gerne hätte er Kisharas Gedanken gelesen, als sie ziellos in dem Keller herumtaumelte. Aber nun – Man konnte nicht alles haben. Nie hätte er geglaubt, dass alles so einfach laufen würde. Fast schon zu einfach. Die graue Maus besaß mehr böses Blut in sich, als er jemals vermutet hätte. Nur ein paar Anweisungen, dann und wann einige Extras, um sein eigenes Vergnügen noch zu steigern, mehr brauchte es nicht, um sie in die richtige Bahn zu lenken. Ansonsten erledigte die Kleine alles ganz alleine. Famos, wie das Leben mit all seinen Marionetten so spielte. Eine Kleinigkeit gab es noch zu erledigen, dann wurde es Zeit, ein neues Stück zu schreiben.
Wie ein Klavierspieler fuhr er mit seinen Fingern über die Tastatur seines Notebooks, tippte die E-mail und sendete sie. Gut, sein Boss würde sich freuen über den Anhang mit dem Filmmaterial. Ein Genie hatte seinen Auftrag ausgeführt. Das Handy vibrierte in seiner Hosentasche, und der Klingelton „Time to say goodbye" erklang. Mit einem zufriedenen Gesichtsausdruck sah er auf das Display. Doch er nahm sich Zeit, das Gespräch entgegenzunehmen. Zu sehr wollte er dieses Gefühl, der Gewinner zu sein, wenigstens für ein paar Minuten auskosten. Schließlich war er bereit, mit dem Anrufer zu reden und ging ans Handy.
„Ja, hallo, ja, ich bin am Apparat. Marco, wer denn auch

sonst ... Jaja, es hat alles wie geplant geklappt ... Sie sind beide tot ... Ja, auch Tamara ..., unsere graue Maus hat das Zeitliche gesegnet ... Nein, ich musste nichts dazu tun, du kennst ja das nette Vögelchen Kishara. Sie hat schon immer dafür gesorgt, dass alles nach Plan lief. Zwar nicht gewollt, aber immerhin war der Stich in den Hals effektiv... Du wirst es ja selber in der Filmaufnahme sehen ... Ja, sie lebt noch ein wenig, liegt aber in den letzten Zügen. Ich werde in ein paar Tagen rausfahren, alles säubern und abschließen ... Keine Sorge, die beiden wird keiner so schnell vermissen, und wenn doch, egal ... Warum sollte man uns beide verdächtigen, damit etwas zu tun zu haben? – Mann, mach dir darum keine Sorgen ... Nikolai! So glaube mir doch, es ist alles perfekt vonstatten gegangen. Deine Schwestern haben bezahlt dafür, dass sie – sagen wir mal so – nicht die Nettesten waren ... Haha, ja, der Sex war gut mit beiden, danke der Nachfrage. Du denkst an das Geld? ... Super! Nein, ich habe schon etwas anderes vor. Vor einigen Monaten habe ich meinen Vater mit seinem Köter wiedergesehen. Wird Zeit, dass er bezahlt für all die Nächte, an denen er seine Finger nicht von mir lassen konnte ... Natürlich melde ich mich bei dir, wenn ich Unterstützung brauche, aber ich denke, ich bekomme es alleine hin ... Mach´s gut, Nikolai, und schön, dass ich dir helfen konnte! Wir hören voneinander."

Marco legte auf und lächelte. Leise ertönte seine dunkle Stimme: „Ich werde euch kleine Marionetten vermissen, aber irgendwann muss man Abschied nehmen!"

Er fuhr den Laptop herunter, klappte den Deckel zu und klemmte ihn sich unter den Arm. Nochmal schaute er sich in dem Raum, der so lange Zeit sein Filmstudio war, um und murmelte: „Irgendwie waren sie doch alle Psychos, oder?"

Dann verließ er das Zimmer und schloss hinter sich die Türe ab.

-Ende-

Nachwort,

eines, das Ihr lesen solltet.

Es war für uns Autorinnen ein Experiment, dieses Buch. Ein Manuskript zu schreiben, einen spannenden Thriller, ohne Konzept, ohne Idee und ohne, dass wir uns je begegneten.

Jede von uns schrieb eine Person, Verena Grüneweg war Kishara, Karin Pfolz schlüpfte in die Rolle von Pamina/Tamara. Nach jedem Kapitel schickten wir das Manuskript hin und her. Oft überlegten wir, jede für sich, wie es weitergehen sollte, dann kam das nächste Kapitel retour – und alles war anders.

Ein spannendes Spiel. Ein Roulette der Worte. Jede von uns wollte der anderen einen perfekten Part liefern, einfach noch ein wenig besser sein. Zwei Thriller-Autorinnen, eine Geschichte, die einfach harmonieren sollte, die den Leser und die Leserin in durchgehende Spannung versetzt und ihnen schlaflose Lesenächte bereitet.

Für uns beide, also Verena und mich, ist es gut geworden. Es wird nicht unser letztes gemeinsames Buch sein. Das ist etwas, was wir mit Sicherheit sagen können.

Verena Grüneweg wurde 1965 in Norden geboren. Dort lebt sie auch heute noch mit ihrem zweiten Ehemann. Sie ist Mutter von zwei erwachsenen Töchtern. Seit vielen Jahren arbeitet sie hauptberuflich als Floristin. Das Schreiben ist ihre Leidenschaft. Ihre Geschichten und Gedichte umfassen Bereiche wie Fantasie, Erfahrungen und Frauenliteratur. Für sie sind ihre geschriebenen Worte ,,Seelenpflaster." Bisher wurde die Geschichte "Für alle Zeit" in dem Buch: ,,Eine bunte Mischung Lebensgeschichten 3" veröffentlicht.

Durch ihren Beitrag zum Gemeinschaftsbuch ,,Jedes Wort ein Atemzug" der Autorengemeinschaft ,,Respekt für Dich" wurde sie beim Karina-Verlag unter Vertrag genommen.

2014 erschien ,,Hexenschatten", das erste gemeinsame Buch mit Karin Pfolz als Co-Autorin.

Karin Pfolz lebt in Wien. Sie arbeitet als Autorin und Malerin. Ihre schriftstellerische Arbeit begann sie mit Kurzgeschichten für Kinder, die 2011 und 2012 mit dem "Sparefroh-Preis Österreich" ausgezeichnet wurden. Ihr Roman "Manchmal erdrückt es mich, das Leben" erschien in der Erstauflage 2012, der Thriller „Du lügst dich durch mein Leben" 2014. Sie unterstützt mit ihren Büchern die "Autonomen Österreichischen Frauenhäuser", hält "Gewalt-Präventions-Workshops" an Schulen und spricht offen in den Medien über das Tabu-Thema familiärer Gewalt. Zahlreiche Fernseh- und Radiointerviews begleiten sie auf ihrem Weg gegen Gewalt. Seit 2014 ist sie Vorstandsvorsitzende des Vereins "Respekt für Dich - AutoInnen gegen Gewalt" und Geschäftsführerin vom Karina-Verlag. Karin Pfolz hat die Aktion „Jedes Wort ein Atemzug" ins Leben gerufen und das Projekt geleitet.

Veröffentlichungen:
„Manchmal erdrückt es mich, das Leben", Thriller
„Du lügst dich durch mein Leben", Thriller
„Hexenschatten", Thriller, mit Co-Autorin Verena Grüneweg
„Die Reise der Bücher", Kinderbuch
„Gemalte Geschichten", Kinderbuch

Gewidmet unseren Kindern:

Kishara
Tamara
Coralita
Thomas
Laura
Leander
Pamina

Respekt
für Dich

Verein AutorInnen gegen Gewalt

Wir Autoren arbeiten zusammen, unterstützen uns, lektorieren gegenseitig und prüfen die Texte unserer Kollegen und Kolleginnen. Dies alles ohne Honorar; das ist Ehrensache, und weil unser gemeinsamer Weg gegen Gewalt einfach wichtig ist.

Von jeder unserer Veröffentlichungen geht ein Teil in unsere Anti-Gewalt-Projekte. Wir unterstützen Gewaltopfer und veranstalten an Schulen Workshops zum Thema Gewalt-Prävention u. v. m.

Auf unserer Facebook-Seite haben sich bereits über 600 Autoren/Autorinnen, Musiker/Musikerinnen, Maler/Malerinnen und einige unserer Wegbegleiter zusammengefunden. Weltweit. Und es werden täglich mehr.

Der Erlös unserer im Karina-Verlag herausgegebenen Bücher unterstützt die Autonomen Österreichischen Frauenhäuser.

Wenn Sie mehr wissen wollen, dann schreiben Sie uns:
respektfuerdich@gmx.at oder
karina.bookoffice@gmail.com
Facebook-Seite:
https://www.facebook.com/MeinHerzSoFrei?ref_type=boo
kmark
Website: www.respekt-fuer-dich.org

Im Karina Verlag sind auch erschienen:

Was passiert wenn zwei Autorinnen gemeinsam beschließen einen Thriller zu schreiben. Das Resultat sind vier spannende Thriller voller Nervenkitzel.
Emelie, die in "Hexenmaske" durch ihre bloße Anwesenheit ein ganzes Dorf ins Verderben stürzt oder in Wien unerklärliche Vorkommnisse eine Frau bald an ihrem eigenen Verstand zweifeln lassen. Als ob das nicht genug wäre, hat ein Starker in "Liebe bis in alle Ewigkeit" eine ganz andere Auffassung von wahrer Liebe, als seine Angebetete, Zu guter Letzt verläuft eine Beerdigung in "Die alte Dame und das Meer" an der irischen Küste ganz anders, als man es erwarten würde. So unterschiedlich diese Geschichten sind, gibt es doch etwas, was sie verbindet - die dunklen Schatten der menschlichen Seele.

ISBN: 978-3-9503862-2-6

Die Tür der Kindheit schließt sich und das Tor zur Erwachsenenwelt öffnet sich. Strahlend und perfekt scheint der Beginn des Lebens als Ehefrau zu sein, doch in Wahrheit hat die junge Frau den Weg zur Hölle beschritten.
Ein Thriller, der im wahren Leben spielt.

ISBN: 978-3-903056-08-4

ISBN: 978-3-9503862-8-8

Leseprobe aus:
Das Diktat des Durchschnitts von Rudi Treiber

Es wird mir mehr Feinde als Freunde schaffen, dieses Buch. Wird Gräben aufreißen, zwischen mir und denjenigen, die mich anders einschätzten. Aber das stört mich nicht, denn Gräben sind Zeichen des Angriffs und der Verteidigung.
Ich bin es mir schuldig, es allen erbarmungswürdigen

Schleimern, die es allen Recht machen wollen, den rück-
sichtslosen Unterdrückern und feigen Opportunisten, den
rückratlosen Scheinheiligen, krankhaften Wichtigtuern und
ekelhaften Manipulanten, den egoistischen Umweltzerstö-
rern und selbstgefälligen Kulturpimperln zu sagen - wie sehr
ich sie verachte.

Ich möchte nicht tatenlos zusehen, wie gewissenslose Ma-
cher unsere innere und äußere Welt zerstören. Wie unfähi-
ge Politiker in ihrer wachsenden Arroganz mit den Schicksa-
len der Menschen jonglieren, Menschen wie Marionetten
bewegen und Illusionen zerstören.

Ich möchte dagegen aufgestanden sein - sei es nur mit
Wörtern und Sätzen - denn auch das Dulden ist eine
Schuld.

Ich sehe mein Buch als die kleinste Form der geballten
Faust. Als Explosion einer neurotischen Leidenschaft die Ge-
rechtigkeit zurück zu gewinnen, auch wenn die Chancen
gering sind.

Mein Buch sieht sich als einen Appell an die furchtlosen und
geradlinigen Männer und Frauen, die verantwortungs-
vollen Trendsetter, die ewigen Optimisten, die kreativen
Individualisten, die Künstler und Philosophen, die Wirt-
schafts-former und Idealisten:

»Lasst uns nicht alleine. Steht auf und spuckt ihnen in ihre
versoffenen, frustrierten Gesichter, die keine Leidenschaf-
ten auszudrücken imstande sind. Sie ekeln mich an, mit ihren immer wiederkehrenden Phrasen, Worthülsen, Beteue-
rungen und Versprechungen, die sie nie einzuhalten gewillt
sind. Sie füllen ihre Bäuche und die ihrer Nachkommen; ver-
teilen ihre Pfründe an Freunde, Erfüllungsgehilfen und Zuni-
ckern. Sie sind die personifizierte Realität und das leidvolle
Argument, dass der Mensch die eigentliche Fehlkonstrukti-
on des Universums ist. Ein Produkt, das Gott an seinem
schlechtesten Tag schuf.

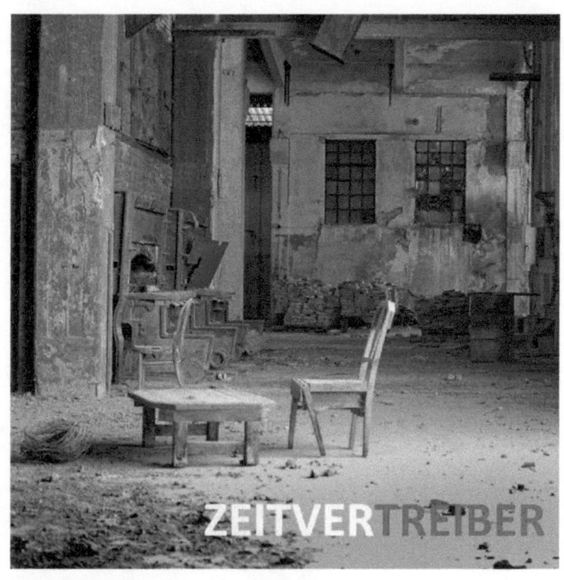

Rudi Treiber, ZeitverTreiber, die Musik CD

Rudi Treibers Texte machen seine Musik. Provokant und scheuklappenlos singt er über das Leben, denn Musik hat für ihn das emotionelle Recht zu kritisieren, aufzudecken, zu lieben, zu hassen und zu versöhnen.

- Aragon
- Plastic fantastic
- Alternativ
- Labyrinth
- im Café, Hörprobe
- Hass
- Gnadenlos
- Die nächste Dimension
- Schade, schade
- Hey Junge

Karina Verlag
Vienna, Austria
Otto-Willmann-Gasse 4/69
A-1100 Vienna
www.karinaverlag.at
karina.bookoffice@gmail.com